LES HEURES ABOLIES

LOU DARSAN

Cette année, cela fait 15 ans que La Contre Allée
fait confiance à votre curiosité.
Vous avez entre les mains la **première impression**
des *Heures abolies*, et nous vous en remercions.

Collection La Sentinelle

LES HEURES ABOLIES

LOU DARSAN

I'm counting the gulls that sit on the waves
Surrounding the boats in the bay
I'm counting the miles till we're there
Where the sun and the rain and the snow
Fall on the seeds and make them grow
Fall on the rocks and make them crack
Into pebbles and into sand
Which is where I like to stand.

Where I like to stand,
Vashti Bunyan (feat. Lucie Baratte)

J'ouvrirai le ventre du jardin, je grifferai la terre, je l'aérerai, je sèmerai. Une graine pour chaque jour d'enfermement, une graine par vie qui s'essouffle, une graine par peur.

Je mettrai à nu le sol noir, j'aiderai une abeille à sécher ses ailes, j'enfouirai les vers avant que les poules ne les dévorent, je réenterrerai les carabes dorés et les larves de longicornes que la houe aura exposés.

J'arracherai l'herbe, sarclerai, tracerai du doigt les sillons.

Je penserai à manger et je sèmerai fèves, épinards, navets, carottes, laitues, quatre rectangles noirs dans un carré vert.

Je verrai le lierre terrestre, les pissenlits, les nombrils-de-Vénus, les orties, le plantain & les violettes — une assemblée qui murmure, qui croît dans les interstices, dans les zones d'ombre.

Ce qui est sauvage et dont j'oublie de me nourrir.

Estivales

Des paysages s'étendent dans mes pensées. La peur de ne plus circuler me paralyse, je l'évite et la chasse comme un nuage.

Je pense aux lapereaux effrayés dans leurs cages, que l'on nourrit à la pipette. Aux nichées d'écureuils récupérés dans les arbres abattus, à tous les petits que l'on enferme pour les soigner. Aux oiseaux blessés, s'envolant au-dessus des marais quand on ouvre la boîte à chaussures percée qui les contient, à tire-d'aile loin des sauveurs et de la contention. Je voudrais m'envoler avec eux, une ligne droite vers la cime des pins.

Il y a des tamaris qui me peuplent, et une hirondelle, je ne sais pas les écrire. Des paysages brouillons. Le goût du sel, des morceaux de posidonie séchés sur la plage (sable grossier), on aurait presque envie de balayer les fragments d'algues qui collent à la peau et s'accrochent aux cheveux, rien n'est arrangé en ligne, pas de laisse puisque c'est la Méditerranée dont je me souviens. (Si je pense à l'Atlantique, ce sont les vélelles dans une pluie d'écume qui reviennent, les rochers noirs striés, les fracas des vagues, les oiseaux nichés dans les falaises.)

Je repense aux lueurs vertes dans le ciel à la tombée de la nuit, une kyrielle de points lumineux en suspension. Il m'a fallu longtemps avant de penser aux lucioles ; en ville, on ne les connaît plus, à l'exception de celles du *Tombeau*, qui nous font pleurer. Sous les lucioles, c'était une prairie verte entre deux collines, quelque part entre une lagune et l'Adriatique. Sur la lagune, une île ; sur l'île, un monastère orthodoxe. En marchant entre les roseaux et la colline, j'ai vu décoller un pélican, une tache blanche floue un peu lointaine qui s'est transformée en oiseau immense dans les jumelles. Face à moi, ailes déployées, corps massif.

Pour que l'on voie la poche sous le bec, l'oiseau doit voler de profil, en augure. Sur les plages californiennes, on trouve autant de plumes de pélicans que celles des goélands sur les grèves de la Manche. Une colonie de pélicans est une pensée heureuse : j'imagine les grands becs qui claquent, je ne verrai pas *le sang couler à longs flots de leurs poitrines ouvertes*. (Les poètes ne connaissent rien aux lagunes et les dictateurs les assèchent.)

Le premier pélican, c'était : une marche le long de la plage sans fin, si large qu'on ne voit pas la mer (on la sent, on l'entend), le soleil se couche, il faut franchir une rivière et une dune (les pieds s'enfoncent et glissent, des avalanches infimes), un olivier de Bohème sucre l'air. Le pélican m'a survolée, après lui il a fait nuit très vite et juste avant l'obscurité un serpent noir s'est dressé devant mes pieds. Il a disparu sans un bruit, mon cœur battait trop fort.

Je n'ai toujours pas mis en phrase l'hirondelle près des tamaris, elle glisse. Là où je l'ai vue, on ne pouvait pas suivre le golfe longtemps — pas de sable, des broussailles puis un muret presque effondré, encore un marais, comme si des marais bordaient tous les rivages où je dors. Pas de pélicans : des grenouilles dans un fossé. Sous l'eau, une couleuvre les guette, au loin le chien noir aboie ; le matin, deux hommes chargent de galets la remorque d'un vieux pick-up, les pneus patinent dans le sable, tout le monde rit. L'hirondelle a décollé.

Je réalise que je ne sais plus porter mon regard vers les lointains : les yeux proches de l'écran, du téléphone, de l'ordinateur, du livre, toute la journée. Dehors, je fixe un point flou à proximité de moi, quelques mètres, le sol. (Herbes, fleurs, talus.) Je dois me morigéner pour penser à lever les yeux vers le large, et lorsque je fixe l'horizon une sensation de brûlure et de tiraillement doublée d'un vague malaise s'empare de moi. Même quand je m'efforce de contempler le point le plus distant, je glisse vers le bas et j'achoppe sur une irrégularité du paysage. (Îlot, maison, arbre, oiseaux.) Cela me semble lié à une diminution de ma concentration, mais peut-être est-ce au niveau musculaire que le problème se situe.

J'ai dû rire dans le noir, je ne sais plus où ni quand, lors de cet été méditerranéen qui me hante. Cela devait être un soir où la nuit s'était couchée plus tôt que la veille et où je buvais une bière sous un arbre en compagnie d'autres humains de passage, avec le bruit des vagues, et les étoiles qui bougeaient trop vite, et moi qui parlais plus fort que les sons de la nuit. Des gouttes de sel suintaient des tamaris, parce que le soleil avait brûlé le jour ; des vaches placides, blanches comme les galets, broutaient les plumetis roses, certains les chassaient de leur bâton. Sur le tronc, la sauterelle était immense.

Ce soir-là, j'ai vu un cheval marcher sur les galets blancs sans se fouler les chevilles, il a nagé vers le large et une fille s'est accrochée à sa crinière, elle a plongé depuis son dos. Sur la rive, quelques types en short, les cheveux mouillés, criaient dans une langue étrangère des phrases d'encouragement, au cheval ou à la fille.

D'autres chevaux : un troupeau, au galop, sur une route étroite. Sur une vieille mobylette, un jeune homme tenait la jument de tête par la longe, les autres suivaient au trot en hennissant. J'avais soif, des pick-up rouillaient dans les champs, pas d'ombre, un village en pierre grise au loin, des tours de guet. Quelque part dans mon dos, la mer invisible au pied des falaises ; sous les yeux, les montagnes pelées. Même pas un aigle.

Dans la cour d'une maison, un chacal efflanqué cherchait de l'eau, je roulais trop vite, je n'ai pas vu ses yeux, c'était peut-être un chien ensauvagé. Ceux que j'ai croisés aux sorties des villages somnolaient sur le bitume chaud des routes peu fréquentées ou dans les friches enherbées. Ils fuguent des fermes et des villas pour vivre dans les collines, mais leurs petits meurent jeunes et, chaque été, des empoisonnements massifs préviennent la prolifération de ces chiens sans maîtres. Pourtant, leurs meutes grossissent.

Au pied d'une montagne boisée, au nord-est du chacal et des chevaux, errait une chienne pouilleuse blessée à la patte, une vilaine plaie noire. Elle dormait en haut de l'escalier étroit qui menait à un torrent et à une minuscule chapelle au-dessus d'une grotte, elle suivait jusqu'en bas les promeneurs et les pèlerins, peinait à remonter les marches, je n'avais pas envie de l'aimer, je voulais la chasser, sa misère était trop grande pour l'empathie. Un soir, une voiture rutilante s'est garée à l'entrée du chemin, l'homme qui en est descendu a cherché la chienne puis l'a nourrie, il a caché des médicaments contre les parasites dans la nourriture, il est reparti sans descendre à la chapelle.

Au même endroit, deux chats roux apparaissent la nuit. Si on laisse les couvercles beiges des conteneurs ouverts, les chats dévoreront les restes de sandwiches jetés par les touristes. Quand le couvercle est fermé, ils se cachent dans les bâtiments à l'abandon, des cubes en parpaings aux angles peuplés de guêpes maçonnes, au bout d'une allée grise initiée par une entrée prétentieuse. Dans les bois de l'autre côté de la route, d'autres bâtiments collectifs sont éparpillés dans une clairière clôturée, mais je n'ai pas franchi le fil barbelé et ma mémoire les a floutés. Leur destination initiale m'est inconnue, j'ai imaginé un monastère, un lieu d'accueil pour des pèlerins venus rendre hommage à la jeune sainte anonyme de la grotte, ou une colonie de vacances désaffectée, comme celle perchée sur la falaise maritime et qui dominait la baie, loin à l'ouest, à l'exact opposé du continent.

Là-bas, dans la colonie vide de l'Ouest, à l'intérieur de ma petite chambre au sol cimenté sans matelas, la nuit était silencieuse. Le souvenir des enfants regroupés et occupés là l'été, loin de leurs familles, avait quitté ce lieu où ne persistaient que l'air iodé, la liberté de ceux qui passent, s'arrêtent et repartent, le regard distrait des randonneurs depuis le sentier douanier. L'écho des éclats de rire et des courses-poursuites dans les couloirs s'était éloigné — sur les murs, des inscriptions à demi effacées remplaçaient le règlement déchiré : prénoms, étoiles, masques grimaçants.

Une baie vitrée immense emplissait de lumière la salle commune du corps principal, il restait un piano désaccordé, quelques marins, un chevrier ; on jetait une pièce dans une boîte de conserve pour payer le gaz quand on tirait de l'eau chaude ou que l'on réchauffait son repas. Une marmite de soupe bouillonnait sur la gazinière à la peinture écaillée, les cornes d'un chevreau en dépassaient, un couteau reposait au fond de l'évier. Les légumes et l'odeur flottaient, pas la tête (des lambeaux de chair se détachent l'un après l'autre). De l'autre côté de la vitre, les sardiniers s'éloignaient vers l'horizon blanc, sur une mer métallique.

Je marche d'une ruine à l'autre et mes nuits tracent une ligne entre l'Atlantique et la mer de Thrace. Le long des falaises, j'ai vu les squelettes d'immeubles dominer des plages parsemées de pieds de parasols et de paillotes fermées. Des hommes descendaient de pick-up cabossés pour récupérer les matériaux et démanteler ce qui pouvait l'être — les rectangles vides des grilles de béton découpaient la mer trop bleue comme une kyrielle de fenêtres ouvertes.

Partout sur les rivages de la Méditerranée, les bâtiments dédiés à l'accueil des vacanciers s'écroulent et se repeuplent de squatteurs et de réfugiés qui se lavent lors d'après-midi pourtant brûlantes dans les sources chaudes naturelles, à l'extérieur de complexes thermaux délabrés ou dans les baignoires taguées des sous-sols où l'on parle pachtou en foulant des mandalas peints à la bombe, au milieu du verre brisé des fenêtres et de l'odeur soufrée de l'eau qui jaillit des tuyaux.

Dans les hauteurs d'une ville au nom mythologique, je suis entrée à quatre pattes dans le hall d'un hôtel à travers l'ouverture offerte par le panneau inférieur arraché à la porte en bois. Le sol en marbre était resté blanc, rien n'était posé sur le comptoir, je ne me souviens pas d'une sonnette, mais du palmier en plastique et de cannettes de bière et de soda vides oubliées sur le canapé d'angle. Toutes les portes étaient fermées à clef, aucune n'avait été fracturée, l'on devinait un toit-terrasse après l'escalier qui desservait l'étage. Derrière le comptoir, la seule porte qui n'était pas verrouillée s'ouvrait sur une salle de bains, il restait du savon, la température extérieure frôlait les quarante-cinq degrés et la douche fraîche que j'ai prise dans le silence de cet espace vide et sombre a réparé ma peau de ses crevasses, a dissout mon sel qui a coulé dans les canalisations. L'eau lisse le corps et l'allège, et même s'il faut ressortir en marchant sur les genoux et les mains, s'il faut se heurter au mur de la chaleur extérieure, ce moment liquide et calme existera dans le souvenir du lieu.

Tout comme existeront la salle de bains neuve de la suite parentale d'une maison de vacances bâtie face à un monastère orthodoxe médiéval au cœur des collines de la Serbie centrale, et le luxe de l'eau courante offerte par un homme qui réarrange à sa façon l'histoire des peuples, mais dont la générosité permet de rincer la poussière de la route et le dépôt noirâtre lâché par les gaz d'échappement des berlines qui traversent la Bulgarie sans la voir, d'oublier la fatigue de l'attente trop longue à la frontière — une ligne autoroutière de la Turquie à l'Allemagne, des kilomètres de poids lourds à l'arrêt de chaque côté des postes de douane. Le paysage est vide des trains de marchandises disparus, longues files de wagons-silos qui sillonnaient l'Europe, je les ai vus traverser Nanterre à travers les anciennes friches et les tours HLM, où s'évaporent-ils et atteignent-ils jamais Edirne ?

Plus tôt, pour atteindre les lucioles et les pélicans, il m'avait fallu rouler sur la seule route rapide du pays des Aigles, une route côtière le long de laquelle s'égaillent des hôtels neufs jamais achevés, construits pour blanchir l'argent d'un quelconque trafic, des incongruités aux silhouettes de châteaux forts ou de temples égyptiens. Ils m'avaient rappelé les pastiches aux abords des parcs d'attractions et la peinture lavande du Magic Castel Motel d'Orlando. Des cars de touristes envahissaient leurs parkings, attirés par les tarifs compétitifs et la promesse de piscines, pourtant perpétuellement vides, dites en réfection ; de l'autre côté du ruban gris s'étendaient des acres de serres en verre, brisées et inutilisées, vestiges d'une politique agricole coopérative révolue. Sous les hôtels, sous les serres, le souvenir des marais asséchés persistait à côté de celui des soldats enfouis dans la tourbe depuis soixante-dix ans, appelés chaque nuit par le fantôme du général italien qui a si longtemps cherché son armée de morts dans la boue noire des montagnes, sous des villages oubliés. Entre la route et la mer, des villes chaotiques débordaient sur le paysage comme les lotissements de gratte-ciel en carton-pâte que j'ai vus émerger de la plaine céréalière de la Thrace orientale, des centaines de kilomètres plus à l'est.

Je ne peux plus conduire sans que les paysages de ma mémoire se superposent à ceux que je vois, en surcouche. Le calque de toutes les montagnes contemplées s'ajoute à celles qui apparaissent à l'horizon et, après chaque virage, la surprise remplace l'image projetée par l'imagination.

Les fragments de route se combinent en une seule, qui parcourt un territoire intime, composite, fractal : chaque détail l'agrandit, il s'expand quand je me penche sur lui. Une succession d'enseignes et de panneaux, de villages, de virages, de déserts, d'odeurs, de musiques écoutées, toutes les gorges traversées par des routes étroites et sinueuses, les yeux rivés sur la chaussée pour ne pas dévier — deviner le vide en contrebas sans le voir tout à fait, ne pas s'arrêter. Je voudrais confondre le Fenouillèdes et le Durmitor, nommer le canyon de la Piva lorsque je longe les gorges de Galamus, et les tunnels sans éclairage ajoutent une note balkanique à mes itinéraires montagnards.

Les jours et les lieux s'emmêlent et des blancs apparaissent depuis que j'ai quitté les rives de la Méditerranée. Jusqu'ici, chaque chose avait sa place, chaque lieu son histoire, son souvenir. Je pouvais pointer le souvenir du doigt et dire : ceci est arrivé là, très exactement là. Depuis quelques semaines, les forêts, les montagnes, les chemins de terre se ressemblent. Si je ne fais pas attention à bien noter le lieu et la date en haut à droite de la feuille, comme on nous a appris à le faire pour les lettres manuscrites de notre enfance, je ne sais plus. Je tourne en rond, je croise ma piste, je courbe la linéarité du parcours, je méandre. Une succession de vallées qui remontent dans un même massif, la ligne droite d'une plaine et de nouveau un dédale de vallées, de gorges ; soudain une plage, des récifs. C'est à y perdre son sens de l'orientation. La montagne passe du nord au sud, de l'est à l'ouest, je ne sais jamais où est mon ombre, alors comment savoir dans quelle forêt j'ai écrit ce poème-ci ou celui-là ? Le nombre de lieux vécus, traversés, ressentis, explose. Une exponentielle de choses vues sature la mémoire que je croyais infaillible. Il a fallu sillonner beaucoup pour la vaincre, jouer à colin-maillard avec moi-même.

La mémoire des lieux devient un bruit rose qui me maintient dans un état de somnolence.

Un jour, je te parlerai de la plaine de Hongrie et des Alpes dinariques, des routes qui défilent, des stations-service fermées, des chiens errants, de l'impact de l'air sec de l'été sur les lèvres, des fleurs sauvages, des plages interminables, et j'orchestrerai la mutation de ce paysage en poèmes, je métamorphoserai nos corps, je guetterai avec toi les signes le long des nationales et les messages cachés sur les poteaux téléphoniques. Quand je dirai les pierres sèches et les scorpions et le bleu du ciel, tu sauras à quelle partie de ton corps je fais l'amour, et combien de temps, et avec quelle délectation.

Ce sera l'une de ces après-midi où la pluie tombe sur le toit — de petites gouttes, un grésillement à peine, qui n'apportent pas de fraîcheur : les nuages s'accumulent sur les sommets de l'ouest (un trait bleu tiré au-dessus de la vallée cachée), masse grise, pas de noir, la lourdeur de l'air, deux jours que les mouches tournent et les moustiques agressent, toujours pas d'orage. Quelques coups de tonnerre dans le lointain, le bruit sans le tambour de l'averse drue ni les éclairs, et quand les quelques gouttes par seconde s'espacent jusqu'à se taire, un vent chaud se lève, juste assez pour que les cheveux dansent en serpents, que la robe ondule sur les cuisses et frôle le creux derrière les genoux. L'inverse d'une brume de chaleur où la forêt exhale l'humidité de la nuit vers le ciel qu'elle éclaircit au niveau de sa cime, où l'horizon se voile et les montagnes pâlissent avant que le bleu éclate à midi.

Le soir, un ciel d'un gris moite, lumière uniforme, la peau sera alourdie — nos peaux qui se mélangent et se collent, nos sexes pulsatiles et repus, nos langues salées comme nos corps humides, hébétés par la tiédeur.

Alors, les yeux fermés, je m'allongerai sur le sol d'une forêt luxuriante, le dos dans le vert spongieux de la mousse, enveloppée de l'odeur humide des feuilles. Des lianes pendront des branches, les cimes s'écarteront au-dessus de moi — regard plongé dans une amande bleue de ciel dégagé, une falaise blanche derrière la tête. (On ne voit pas les arbres qui poussent à son sommet.) La pluie passée, la forêt s'ébrouera et fumera — vapeur pâle au-dessus des branches, un doux arc-en-ciel traversera le bleu de l'amande. Je m'enfoncerai dans le vert, un vol d'oiseaux noirs tracera une diagonale dans mes prunelles. Pas de musique, pas de flûtes, pas de nuages. L'esprit volera avec les corneilles par-delà les falaises et ouvrira la roche pour faire surgir une cascade qui transformera en miroir d'eau le matelas de mousse. À petites lapées, je boirai l'eau cristalline, et de mes lèvres fraîches je soulagerai la brûlure de ton front.

J'ai traversé septembre à tes côtés et les montagnes se sont couvertes de cenelles, de sorbes et d'alises, les baies orange et roses ont dissimulé la transmutation des feuillages de l'émeraude au bronze. Les jours ont raccourci, les passereaux se sont dissimulés dans les épines pour gober les fruits des haies. J'ai voulu marcher sur les sentiers avant que les premières gelées ne m'en éloignent, et d'infimes lambeaux de ma peau sont restés accrochés aux ronces et aux prunelliers, mes bras se sont parés de perles de sang minuscules, luisantes et sombres comme les baies que je convoite et dérobe aux oiseaux.

Ma cage thoracique, parfois, se végétalise, et des feuilles poussent sur mes côtes, de tendres bourgeons vert pâle qui éclosent en feuilles douces et dentelées. Les rouges-gorges curieux s'y perchent, leurs *tsîh tsîh* aigus sautent d'une côte à une autre, les grappes de baies orange de mon automne se reflètent dans le brillant de leurs yeux noirs tout ronds. J'abrite dans mon cœur une lumière verte et sur ma peau un bocage en deux dimensions, un tatouage qui danse puis s'estompe.

Malgré l'automne que je pressens, j'ai encore dans la bouche le goût du sel et du pétrole, & sur la peau la texture poisseuse de l'air du golfe Saronique encombré de pétroliers attendant leur tour pour emprunter le canal de Corinthe — sel de l'iode et de la sueur qui lavait ma poitrine de la poussière des virages ocre, pétrole des raffineries immenses qui avaient surgi après un tunnel, leurs pipelines tendus au-dessus de la chaussée d'un réservoir à l'autre, des rails de montagnes russes sans les cris de joie ni l'adrénaline. Entre deux courbes de la route, j'apercevais un cargo échoué, couché sur le flanc, laissé là, à l'abandon comme un cachalot au ventre empli de plastique sur une plage écossaise — et qui sait ce qui coule de ces entrailles métalliques. Sur le bas-côté encombré de voitures de pêcheurs où je me suis arrêtée pour contempler la carcasse, l'air vibrait au passage des autocars de tour-operators qui prennent chaque jour d'assaut les ponts du canal. À leur bord, les masques de sommeil cachent les décombres métalliques et ne se soulèvent que sur les ruines de pierres. Penchée sur l'écran, aujourd'hui, je sais que l'épave paraît plus grande sur les vues satellites que depuis la falaise.

J'ai fondu l'une dans l'autre la route qui longe le golfe Saronique de Corinthe au Pirée et celle qui borde la mer de Thrace d'Alexandroúpoli à Kavala — deux nationales déroulées entre la mer en contrebas et l'autoroute qui les surplombe et que je n'ai pas vue, car l'angle ne permet pas d'entrapercevoir autre chose que la roche jaune et quelques pylônes de béton gris.

De cette superposition émergent une voie ferrée qui sépare la nationale de la voie rapide invisible, des villes de taille moyenne traversées au ralenti et chacune porte le nom d'un saint, une succession de campings deux étoiles indifférente aux images d'Épinal insulaires, l'ultramarin des toits remplacé par le cyan des piscines de plastique coincées entre les mûriers du trottoir et la mer polluée par les hydrocarbures, des boulangeries de villages où rancissent les spanakopitas et les baklavas de la veille ou l'avant-veille — nourriture par défaut que j'ai avalée avec faim au milieu de l'après-midi, à l'heure où les rues accablées de chaleur se taisent, où les routes ne sont que vrombissements, nuages de poussière et de monoxyde de carbone, quand chacun roule vitres baissées, le coude à l'extérieur, dans une forme d'ahurissement bercé par la présence invariable des montagnes, de la mer et du soleil éclatant dans le bleu foncé du ciel, quand malgré la fatigue, le grand nombre d'échoppes fermées, les maisons vidées aux vergers en friche dont s'échappent sur l'asphalte des citrons trop mûrs ou des pêches encore vertes, l'on ne peut être qu'heureux de se sentir vibrer avec l'air chaud. Vibrer et être précisément là, en mouvement, sur la route.

Répliquées d'une fraction de la Méditerranée à une autre, d'autres raffineries me hantent. Je les revois qui bordent la quatre-voies vide tangente au golfe de Fos, Marseille en ligne de mire et à main gauche les barques et les filets à l'allure dépenaillée qui pendent sur l'étang de Berre. À main droite, ceintes de barbelés, des friches herbeuses d'un jaune qui tire vers le gris cendré séparent la route du port autonome — la mer masquée par des conduits étroits qui crachent une fumée noire, des conteneurs de gaz et de pétrole, des silos de soja. L'odeur de l'industrie pétrochimique et métallurgique du site Seveso recouvre celle de l'iode, l'estuaire boueux ne s'éclaircit que les jours de grève.

De longues craquelures fissuraient l'asphalte, la voiture avait sursauté sur les nids-de-poule, j'étais seule, à peine un ou deux poids lourds.

Ambiance de monde fini — le sentiment familier m'avait étreinte : arriver, une fois de plus, après l'instant décisif, dans un regret de ne pas filmer la route pour figer ce qui pourtant l'est déjà. Il faudrait noter tous les détails pour percevoir les changements infimes lors d'un retour futur, mesurer la suie crachée par les cheminées en détournant le cyanomètre de Saussure et Humboldt en une sorte de fuliginomètre pour appréhender la lenteur de la déliquescence contagieuse des lieux.

Ce sentiment de contagion, doublé par la fatigue, convoque la traversée de la plaine morne qui dessine un entonnoir entre les monts Rhodope et la Sredna Gora et s'écrase des deux côtés de la Maritsa dont je ne me souviens pas. Des panneaux publicitaires géants imposaient l'image de fast-foods américains, de casinos à hôtesses dénudées, une alternance mécanique des premiers et des seconds, tous les cinq kilomètres. C'était là, les berlines noires et les kilomètres de camions. Les véhicules traçaient, sans voir les ruines romaines du centre-ville de Plovdiv oubliées entre deux façades kitsch, les bassins vides du parc et la zone à selfie, sans échanger avec la fille du fast-food, le seul restaurant ouvert l'après-midi, parce qu'il aurait fallu avoir l'envie d'entrer dans la ville, et que la ville est à peine une étape. Pour la contourner, la route longe une nouvelle usine de traitement des déchets qui recouvre la fonderie d'acier fermée de Shismantsi — désolation où l'on ne distingue pas la ruine présente de celle à venir, scories invisibles enfouies sous une colline artificielle crayeuse à l'arrière-plan de la friche industrielle, usine fantôme démesurée, bâtiments en béton armé dont la béance des fenêtres sans carreaux évoque les tours des snipers de Mostar et Sarajevo ou les hôtels abandonnés de la crise grecque, cheminées rouge et blanc, impression vague de catastrophe, de superposition temporelle où les naissances et les chutes se jouent en même temps.

Et le souvenir de la cimenterie du Teil me happe, la Cité ouvrière Blanche vide comme la fonderie d'acier bulgare, un jour lointain où j'avais quitté les virages de la nationale 102 pour rejoindre le Rhône entre deux centrales nucléaires. En aval, les ruines romaines d'Orange sont les mêmes que celles de Plovdiv, et les locaux du Front national ne sont pas tagués.

J'éprouve une forme particulière de tristesse à traverser ces étroites plaines boulevards où se regroupent les usines, à croiser ces villes qui ont poussé le long des fleuves entre deux chaînes de moyenne montagne, qui ont été peuplées, commerçantes, industrialisées, sinistrées. La culpabilité m'étreint de longer les fleuves sans explorer les gorges ou les vallées cachées, avançant sans cesse, à bord de véhicules qui ne sont pas toujours les mêmes, alors que la montagne couverte de forêts anciennes ou d'une garrigue épineuse me lance des appels de sirènes, un chant assourdi par les panneaux publicitaires et l'industrie lourde, un chant d'ourses et de cavernes, de monastères oubliés, de salamandres et de corbeaux, qui me fait dévier souvent.

Certains soirs, le chant résonne plus fort que le ronronnement des voies rapides et des transformateurs électriques — l'air vibre comme mille abeilles et se charge de senteurs balsamiques, les collines appellent à elles leurs petits qui viennent grossir leurs rangs disparates, les frênes écartent leurs rameaux comme des doigts au-dessus des chemins pour enlacer leurs ombres, et la tristesse disparaît.

Nous avons quitté la montagne et les forêts chargées de baies, et posé nos valises quelques jours chez une de tes connaissances, dans une grande bâtisse posée au milieu des champs de tournesols, entre le fleuve et la rivière. Tu y profites de la conversation de notre hôte et de la fraîcheur des murs en pierre, alors que je réponds à l'appel du soir.

La clef tournée dans le contacteur
je roule la nuit et les routes sont étroites
les ronces et les branches
frottent le long de la carrosserie
un bruit griffure qui grince
        la peau se rétracte comme du métal froid

Je roule la nuit et traverse
une succession de carrefours
        toutes les routes se ressemblent
des percées dans le sombre
entre talus et fermes

La chouette chevêche figée
dans le faisceau des phares
ne décolle pas
grands yeux jaunes hypnotisés
par la lumière piège
        entre deux roues les ailes fauves sont immobiles
il faut crier
        un courant d'air sous les plumes
l'air chuinte
l'oiseau plonge derrière les pierres
        — travelling

Je roule la nuit et les cloches tintent
dans les branches
une musique de bois qui s'entrechoquent
        des vagues
le moteur tourne dans mon dos
mes pieds s'enfoncent dans le bitume

Je me suis arrêtée
quand j'ai vu une pelle dans un arbre
pendue

Ce soir, comme tous ceux où résonne l'appel, je ne me souviendrai pas du retour, seulement de la nuit et de l'appel de ce chant de mélèzes et de rossignols, d'isbas et d'halliers. Au lendemain matin de ces nuits, je me réfugie dans tes bras, la peau égratignée par mes excursions de la veille. Le jour change de parfum, l'air s'allège, les détours deviennent plus simples, plus fréquents.

Ce fleuve qui s'étend entre deux lignes, que nous avons trouvé en quittant les forêts de montagnes, j'aimerais t'assurer qu'il n'est pas le même Rhône que celui sur lequel j'avais achoppé après les virages de la nationale 102. Ce paysage ne peut rien avoir en commun avec la vallée morne, polluée, que je longeais en essayant de ne regarder ni les cheminées d'usines ni les coteaux brouillés par le smog.

Ici, je voudrais que tu peignes le mur de l'ouest, contre lequel s'appuie le fleuve ; la brume, qui s'accroche aux trois pointes qui découpent le ciel ; les falaises blanches, à l'est, teintes chaque soir en rouge et orange par le couchant, et que les rivières traversent pour rejoindre la vallée et plonger dans ce grand toboggan qui dévale jusqu'à la Méditerranée. La soirée est calme, l'air à peine frais. Nous longeons l'ancienne voie ferrée — une friche entre la rivière et les champs de tournesols qui sèchent et noircissent sur pied. Les aubépines sont lourdes de cenelles écarlates, les exhalaisons balsamiques de l'origan que mes pas froissent concurrencent celles de miel du lierre en fleur.

Dans ce tableau, l'été tombe et je marche vers la confluence.

Une passerelle bleue enjambe la rivière à l'endroit exact où elle fond dans le fleuve et se transforme en chemin de halage ; si on l'empruntait, l'on pourrait descendre jusqu'au delta, traverser les villes portuaires et leurs entrepôts de vin, leurs anciens quais de déchargement occupés par de rares péniches de croisière, l'on tournerait le dos aux coteaux dorés et aux vignobles, on longerait l'effarante usine nucléaire sur la cheminée de laquelle joue un enfant peint, l'on finirait par atteindre le delta figé et endigué, les marécages et, enfin, la mer. Je pourrais marcher ainsi le long du fleuve, ne pas faire demi-tour entre chien et loup, ne pas rejoindre la grande maison au milieu des champs. Le chemin est plat, j'avancerais vite.

Tu t'accoudes sur le garde-fou. Sous la passerelle, les bruits mouillés de leur manducation signalent les cygnes qui arrachent de longs lambeaux aux algues indigo flottant dans le courant. Le gris des juvéniles et le blanc des adultes tranchent sur le bleu pétrole de l'eau tachée du vert des arbres et du mauve des montagnes qui la dominent et s'y reflètent. Lorsqu'après quelques minutes je parviens à détacher les yeux des couleurs de l'eau mouvante, je distingue dans le paysage les détails qui s'absentent de son miroir : dans les arbres, les premières marbrures orange et marron de l'automne et, sur les falaises pourpres, de longues stries ocre ou bistre. Les couleurs se fondent et grisent au fur et à mesure que les oiseaux se taisent.

Automnales

Le soir du fleuve, j'étais rentrée doucement avec toi le long de l'ancienne voie ferrée, la nuit tombait vite, ta main était chaude et douce — impossible de me remémorer le rêve de la nuit suivante.

Les semaines ont défilé vite, depuis. Nous avons filé vers le Nord et le chalet de Sacha, et des milliers de kilomètres nous séparent du fleuve, des feuilles cuivrées qui flottent sur son eau pourpre, des premières fraîcheurs automnales.

Je te regarde à la dérobée, ton dos, tes hanches étroites, ta taille fine sous ton pull trop large — tu contemples la chute des premiers flocons, la porte entrouverte pour leur tendre la main. Ils essaient de s'accrocher au sol, de le refroidir assez pour s'agglutiner en une masse fine et fragile que décorera l'or des feuilles de bouleaux qui se décrochent une à une de leurs branches. L'air chaud s'échappe dans les tourbillons de neige, tes grosses chaussettes de laine s'humidifient sur le seuil et je pense au soleil et au sel qui te brûlaient le visage, soulignaient les lignes pâles de tes premières rides et décoloraient tes cheveux. Ta présence me fascine et me trouble, si inhabituelle dans ce bout du monde où je n'étais pas revenue depuis longtemps, où je viens me dépouiller de ce tourbillon de vie qui m'enveloppe.

Lorsque je t'ai proposé de m'accompagner dans cet hivernage, je ne savais pas quelle réponse je présumais recevoir : je n'avais aucune attente, mais une grande envie, un élan qui me poussait à expérimenter la solitude à deux. Tu as hésité plusieurs jours avant d'adopter l'idée que nous disparaissions là où le soleil n'existe qu'à peine, que nous nous enfoncions sous terre (graines, insectes, crapauds en attente du redoux), et ton adhésion à cette idée folle m'a transportée de joie autant qu'elle m'a intimidée.

Après le Rhône, l'automne mangeait l'été jour après jour et Sacha m'a téléphoné pour dire que son chalet nous attendait. Nous avons quitté ce fleuve où nous nous cognions aux falaises et roulé vers le Nord, alors que je te parlais encore du Sud. Nous avons enjambé des rivières gonflées par les premières averses, admiré les cascades or et vermillon sur les coteaux arborés, une procession de paysages et de péages — les toits passaient du rouge au noir.

Maintenant que nous avons défait nos bagages et déployé nos corps dans ce havre, ce refuge, il ne me reste plus que quelques fragments du trajet, des images de routes, de gares routières, de villes puis de vallées verdoyantes et de l'été qui avait déjà glissé. Je me souviens des premiers frimas, des gelées blanches sur les champs comme une dentelle autour des herbes et des feuilles, d'une mélodie éthérée au rythme motorik hypnotique, lancinant, des courbes de nos corps pelotonnés l'un contre l'autre lors des quelques heures de sommeil que nous nous accordions au cours de cette longue traversée.

Tu as conduit des voitures de location et j'ai somnolé à l'arrière d'une berline sur une autoroute déserte dans un paysage blanc brumeux — pas de stations-service ni de haltes, à peine une poignée de hameaux visibles sur les collines. L'œil ne se heurtait qu'à des chevreuils épars, des joncs dans les prés. Les vaches se regroupaient au plus près des bois, leurs corps massifs serrés les uns contre les autres. Elles devaient exhaler de la vapeur, mais de là où nous étions nous ne voyions rien d'autre que les collines. Mon corps raidi et le manque de sommeil, un grand blanc entre le lever du soleil pâle sur les prairies givrées et son coucher quelque part entre deux étapes.

Nous avons franchi une frontière, puis deux autres, contourné des villes qui s'étendent si loin qu'elles recouvrent la moindre plaine de leurs réseaux routiers et de leurs lotissements, à tel point que la campagne n'apparaît plus que par éclairs de forêts, cachée derrière les serres de tomates hors-sol. Nous avons dévié plusieurs fois de notre itinéraire qu'ont happé les lumières et les promesses de rencontres.

Nous avons erré vers l'est, puis le nord encore.

Dans la plus grande de ces mégapoles, nous avons délaissé les voitures de location pour les transports en commun et sommeillé en boucle sur le Ring dans la ligne 41 du S-Bahn. Nous avons dévoré en silence des falafels dans l'une des échoppes de la place K., les yeux rivés sur une fille aux cheveux bleus à la table d'en face, puis déambulé jusqu'aux rives de la Sprée sur les trottoirs mouillés de la ville assombrie par l'automne. Lorsque nous avons atteint le Mur, la même fille aux cheveux néon attendait le passage du feu au vert de l'autre côté de la chaussée. Quand elle a croisé mon regard, le noir magnétique de ses yeux dans le bleu électrique des cheveux, un choc sourd a affolé le boulevard — bruit de freins, corps d'homme étendu à terre, voitures à l'arrêt, ça m'a enflé le cœur et les yeux. La fille braquait encore les siens sur nous, dans notre dos deux hommes d'État vieillissants s'embrassaient en peinture sur le béton, nous avons attendu l'ambulance avec la foule et la fille a disparu. Nous avons quitté la ville.

Enfin, nous avons atteint la mer. Nous avons regardé les grues se pencher sur une eau anthracite et les ferries cracher leur vapeur blanche sur la nuit étoilée. À bord de l'un d'entre eux, nous avons franchi l'eau jusqu'à la capitale suivante, et l'odeur saline a effacé celle de café et de tabac froid des gares routières.

Dans le bassin du port, un phoque jouait comme un jeune chien entre les vagues, le visage orné de quatre cercles noirs : les gouffres de ses narines dilatées à chaque réapparition et les yeux luisants de joie entre deux plongeons. Je l'ai perdu de vue au niveau du double pont, mais il restait un couple de cormorans près des pylônes, prêts à plonger, eux aussi. Sur la jetée, la pluie dégoulinait en larmes brillantes sur les joues d'une statue en bronze qui scrutait le large. Dans son dos, des cheminées d'usines exhalaient une fumée pâle qui flottait dans les nuages et j'ai pensé aux herbes folles ensevelies sous le béton et le bitume, aux îles que la ville avalait pour s'étendre, ça m'a fait pleurer comme la statue. Pour nous réchauffer et chasser la pluie de nos épaules, nous avons arpenté les halles de la ville et grappillé la nourriture proposée en démonstration dans les échoppes du marché traditionnel, le beurre et la cannelle fondus sur nos langues, balayés par une lampée brûlante d'alcool chaud.

Nous avancions, mais le chalet de Sacha semblait si loin encore qu'il n'était qu'une idée.

Après cette ville portuaire, nous avons enjambé un estuaire en train, le paysage a défilé, et je ne me rappelle plus chaque lac, chaque forêt, chaque colline, parce que la nuit tombait tous les jours un peu plus vite et que le matin le soleil avait des difficultés à émerger de l'obscurité. Sous la pluie, le train a traversé des landes lie de vin et, dans une chapelle déserte entre deux étapes, nous avons dissimulé nos silhouettes derrière des cloisons en chêne séculaire pour une étreinte fugace — nos souffles courts sur nos cous, nos doigts et nos cuisses humides sous les balais de genêt pendus à la voûte de pierres. Du cimetière qui entourait la chapelle ne restaient que les traces des murs, un pignon qui résistait au vent, une porte qui ne menait plus nulle part, des tombes de guingois, et j'imaginais sous les pierres penchées couvertes de mousse des cheffes de clans et des voleuses de grand chemin. Les inscriptions s'effacent, les souvenirs se perdent, et si un ruisseau court en bas, on ne le voit pas.

Nous avons traversé un bras de mer, encore, et roulé vers les montagnes. Dans la forêt, près de l'eau, nous avons trouvé le chalet de Sacha.

À notre arrivée, j'ai soulevé la pierre plate et trouvé la clef à l'endroit précis où Sacha m'avait dit l'avoir laissée. Le porche était encombré de pots en grès disparates où doivent pousser des fleurs au printemps. Les capitules jaune d'or d'une lampsane oscillaient sur sa haute tige vert foncé qui s'était frayé, avec quelques touffes de chiendent, un chemin à travers les planches disjointes. La clef a tourné facilement dans la serrure et la porte n'a pas grincé sur ses gonds quand je l'ai poussée. L'odeur chaude de poussière, de pin, de laine et d'herbes sèches a profité de l'ouverture pour se précipiter dans l'air frais de l'extérieur et se déposer sur nos vêtements en un salut de bienvenue ou en signe de notre fusion prochaine avec les lieux. Avec l'appel d'air, les bouquets d'herbes sèches accrochés le long des poutres ont légèrement vacillé, la poussière en suspension dans l'air a dansé comme une murmuration d'étourneaux et les araignées se sont recroquevillées sans un bruit dans leurs tunnels de soie.

Deux fauteuils devant une malle transformée en table basse, un secrétaire, un poêle en fonte, un évier en céramique, une gazinière. Quelques étagères en planches où s'alignaient des romans poussiéreux, des jumelles, des plumes d'épervière et de buse dans un vase, une lampe à pétrole. Un buffet vide à l'exception de quelques assiettes ébréchées, un broc, des couverts. L'ampoule qui pendait au bout d'un fil au centre de la pièce n'avait plus l'air de fonctionner, et les charmes en coquillages et bouts de verre flotté accrochés devant les fenêtres attendaient l'ouverture des volets extérieurs pour envoyer valser leurs reflets sur les murs. J'ai posé la valise sur la table pendant que tu faisais le tour du chalet et, quand dans un grincement les volets se sont ouverts sous ta poussée, que les lumières rases de l'automne ont envahi l'espace clos, j'ai ri en tournant sur moi-même les bras en croix.

Dans l'alcôve accolée à l'est, tu m'as aidée à déboîter et élargir la banquette en bois ancien aux motifs fleuris qui se transforme en un lit étroit. Nous y avons entreposé en guise de matelas un empilage de courtepointes matelassées en patchwork qui attendaient d'être sorties de la malle. Leur parfum de cèdre et de renfermé a envahi la pièce, mêlé à l'odeur du café que tu venais de poser sur le gaz, j'ai éternué et tu t'es brûlé la langue en buvant trop vite, nous avons succombé au sommeil sans défaire la valise.

Chaque soir, depuis, nous dormons dans ce lit comme dans le nid d'une famille de souris : en rond, nos jambes entrelacées, nos corps recroquevillés l'un contre l'autre. La chaleur et la douceur nous entourent, quelque chose de tendre qui rayonne et enveloppe.

Ce matin, l'eau qui ruisselle le long de mes cuisses rebondit sur l'eau au fond du bac de la douche dans un bruit de tablas, une mélodie régulière dont les sons ronds et clairs résonnent dans l'espace restreint de la cabine. Murs blancs, crépi rugueux aux aspérités qui retiennent l'eau et se couvrent de moisissure l'hiver — un seau de chlore lancé, mais des traces noires subsistent en bas des parois. Des araignées aux longues pattes fines courent d'un angle à l'autre, hors de portée du jet d'eau. Elles se déplacent dans l'air le long de fils si fins qu'ils échappent à l'œil, la phalène beige qui se plaque contre le mur sait les éviter. Cinq au moins, qui semblent danser, se croisent avec des gestes graciles de danseuses, grises au point d'être transparentes — elles seraient invisibles si le crépi n'était si blanc : un blanc javel qui fait mal aux yeux. Le son des gouttes-tablas, toujours, qui part des cuisses et rejoint l'eau où baignent les pieds. La musique tombe entre les jambes, couvre le vrombissement du jet d'eau.

Je fixe les araignées danseuses.

Il y a quelques minutes encore, je me dressais debout face à la fenêtre pendant que tu me suçais, le visage au creux de mon corps, tes mains douces et ta bouche autour de moi-en moi, la frontière extérieure-intérieure abolie, mon corps vertical et mes mains pressées sur tes épaules, sur ta nuque.

Les araignées dansent au-dessus de mes cheveux, sur ma vulve le jet d'eau répète la scène : la verticalité, puis le vertige — eau blanche, crépi blanc, son blanc. Les murs tournoient et m'aveuglent, mes mains s'y appuient pour me retenir.

À bout de souffle, je me souviens d'Evdokia et de la balançoire au-dessus du vide, dans une forêt sur une colline, loin des langues fourchues du village et de la base militaire, et d'un tel élan que je pensais qu'elle allait s'envoler, poussée trop fort par son amant qui riait, riait autant qu'elle, les dents blanches et les peaux bronzées, mais dans le film Evdokia ne tombe pas de la balançoire, elle tombe plus tard, à cause des danses dans le café, à cause des mensonges de l'amant et de la poussière de l'Attique qui en revanche ne retombe jamais et se soulève en nuages ocre sur les vies écrasées de sel de chaleur de dictature.

Mais ce n'est pas Evdokia qui a marché sur une plage de Laconie et dépassé le cargo pirate échoué là, qui a trouvé une percée dans la végétation, qui a traversé les buissons de sauge lignée et les tapis de pimprenelle épineuse, qui a enfoncé ses pieds nus dans la boue au long de cette sente entre les cannes, étonnée de cette terre sombre gorgée d'eau alors qu'autour tout est beaucoup trop sec. Non, ce n'est pas Evdokia qui a tenu ta main pour t'entraîner vers un ovale sans végétation, un reliquat de soue où tu as couché quelques herbes pour étendre la couverture noire brodée. Au-dessus de la couverture, il n'y avait rien d'autre que le ciel bleu, nous ne pouvions pas nous allonger sur le sol trop humide et les fragments de canne dans la boue nous entaillaient la peau. Là-bas aussi, nous avons fait l'amour debout, nos mains agrippées aux fesses aux hanches aux épaules, la sueur a collé nos poitrines et nos cuisses et nous avons fini par nous allonger, malgré la boue et les cannes, alors seulement nous avons vu la maison à trois étages sur la colline et les voitures sur la route en hauteur, loin après la plage et la garrigue et le marais caché.

À l'autre bout de la plage, des carrés de ficelle tendue par des piquets quadrillaient le sable pour protéger les œufs de tortues et je me suis agenouillée pour chercher à distinguer les empreintes des reptiles, leur ballet de nageoires et la ligne sinueuse dessinée par leur queue, j'ai parcouru le sable jusqu'à la mer et y ai laissé la trace de mes genoux, des ovales qui effaçaient les marques de mes mains, mais je n'ai aperçu que des fragments du parcours des tortues, le sable avait tout avalé, des creux et des bosses dont les bords s'effondrent avec le vent et la marche des promeneurs.

Dans ce chalet que nous avons rejoint après ce long trajet, mes quelques livres s'entassent sur les étagères en bois et je pose le café et les tasses sur la table basse. La fenêtre s'ouvre sur un golfe profond et étroit qui pénètre dans la vallée et se transforme en rivière. La rive opposée est si proche que l'on distingue les habitations et le supermarché au pied des montagnes ; son église disparaît dans les nuages alourdis par la neige, parce qu'on ne veut pas la voir et que le rouge des façades, le rouge de la station essence, le mouvement des voitures dans le gris jaune du ciel et du sol sont un spectacle plus fascinant que l'immobilité d'un lieu de culte qui tente de dominer l'entrée d'une ville ; et les yeux glissent du poêle à la fenêtre, de la fenêtre aux bouleaux, reviennent sans cesse au 24/24 de l'enseigne dont les chiffres en néon rouge composent la seule tache de lumière un peu vive dans un jour déserté par le bleu. Lorsque l'obscurité tombera, leur halo diffracté par la neige fondue qui se déverse des nuages vacillera dans le noir en écho à celui du feu rouge suspendu au-dessus du carrefour, et rien ne troublera le sommeil des montagnes jumelles.

Je passe de nombreuses heures à observer les oiseaux qui n'ont pas encore fui l'automne. Le couple de tadornes survole la bande rose et grise de vasière une dernière fois aujourd'hui, à tire-d'aile vers l'amont de la rivière qui alimente le golfe. Les oies bernaches sont parties depuis quelques heures vers l'embouchure, dans l'anse qui les abrite pour la nuit. Je les reverrai au lever devant la fenêtre, fouaillant la vase en suivant le reflux parmi les huîtriers pie, indifférentes aux cris d'alarme des courlis et des goélands. Bientôt, le froid les aura tous chassés.

La tombée de la nuit intensifie les chutes de neige. D'heure en heure, de nouvelles vagues de flocons s'accrochent aux vestiges des précédentes et le sol blanchit. Chaque soir, après que nous avons glissé entre les draps, tu t'abandonnes au sommeil avec une simplicité que je t'envie. De longs sifflements accompagnent mes insomnies, présents dès le crépuscule et jusqu'à l'aube. Un chant modulé, mélodieux, varié, que je ne sais pas identifier et qui vient parfois de la forêt entourant le chalet, parfois de la mer. Les yeux grands ouverts sur l'obscurité, je tente en vain de le graver dans ma mémoire, tandis que ta respiration tranquille apaise les ombres. Je ne parviens jamais à le reconstituer note après note pour toi le matin. La mélodie glisse sans cesse, s'échappe au point du jour.

La mince couche de neige a fondu, puis gelé et durci. Dans les sous-bois survivent quelques myrtilles et airelles que les animaux n'ont pas mangées et les champignons congelés se brisent sous nos pas lourds. Sur les routes de glace, le sol scintille. L'absence de neige prive l'obscurité d'un espoir de clarté et assombrit la nuit.

Le manque de lumière et l'immobilité m'entraînent vers une mélancolie dont je me méfie : même souhaitée, la stase est difficile. Il faut l'accepter autant avec le corps qu'avec l'esprit, et les deux résistent.

La longue nuit hivernale s'étire et les après-midi me glissent des mains — la nuit les emporte. Du matin à l'heure du thé, le jour ; puis l'obscurité et les taches orange des réverbères, dix minutes plus vite qu'hier. Le lever et le coucher commencent à déteindre l'un sur l'autre, je ne trouve plus d'azur, seulement des couleurs pâles. Le jour est trop doux pour résister à la nuit et à son brouillard de lumières artificielles, qui flotte au-dessus du golfe étroit et cache les étoiles. En ville, on devine l'heure au nombre de lampes allumées derrière les fenêtres : après vingt-deux heures, les carrés jaunes disparaissent l'un après l'autre ; dans notre forêt, rien ne différencie l'après-midi de la nuit. Le temps a une nouvelle structure, les heures perdent en substance.

La nuit nos corps n'ont plus de frontières, peut-être que ce sont les heures qui sont abolies et que l'on ne distingue plus le corps des heures.

La nuit nous englue, le jour nous avale et nous recrache la nuit, longue nuit — dehors la nuit n'est pas de la même teneur que dedans la nuit.

Dehors, le froid. Les réverbères ne s'éteignent pas, ne marquent pas le rythme si ce n'est celui de la marche — on pourrait mesurer la durée de la marche au nombre de réverbères.

Dedans, la nuit disparaît dans le moelleux des fauteuils, de la cannelle, des abat-jour et comment savoir quand dormir — je sombre l'après-midi.

Dehors, il y a une maison pleine de personnes âgées, de rideaux fleuris et de candélabres, ces gens sortent-ils la nuit hors de leurs appartements modernes au décor désuet ? Peut-être ne sortent-ils même pas le jour.

Je veux écrire sur la tapisserie : j'ai rêvé de tapisserie bleue, il y avait deux bleus et deux tapisseries, l'une était arrachée, il n'en restait qu'un coin au motif de ciel étoilé plus foncé, en haut à gauche, et au début j'ai cru que c'était la même tapisserie, l'autre avait des rayures bleu pâle comme les rayures vertes des draps dans lesquels nous dormons.

Un autre fragment de rêve : deux ou trois S-Bahn. Je vois des fourches, des rails et des terminus de trains. Des attentes en banlieue et des voies aériennes. Il me faut courir le long des quais et des grands boulevards dans une ville vécue dans le noir. À l'aube, assise dans un wagon neutre du S41, je regarde le train d'en face comme s'il était vide. La vitesse transforme les fenêtres en gouffre et efface les visages.

Et il y a ces petits matins qui suivent les nuits où l'on a trop parlé, où les mots ont épuisé nos bouches, où il nous est impossible de dormir après l'effervescence. L'écho des dialogues qui se fracasse encore et encore dans le crâne, ça nous fait la migraine et les insomnies. Nuits légères, on se tourne et se retourne sous les couvertures, la sueur sur l'oreiller, nuque mouillée, les jambes emmêlées de draps, on attend avec impatience l'heure de se lever, parce que le sommeil n'est que de surface, et que l'on préférerait toucher le fond, tomber dans le gouffre de l'inconscience, faire taire les pensées. Alors, se lever tôt, le mascara a coulé sous les yeux et ça fonce les cernes, la migraine évidente, un seul café, parce que le ventre est noué par la hâte de reprendre le dialogue là où on l'a laissé la veille, de continuer les histoires, les éclats, de se chercher encore un peu en l'autre, de se montrer par à-coups, et en dire trop ou trop peu, on ne sait plus. Les petits matins qui se transforment en après-midi lentes, on attend le soir qui vient, on regarde l'heure, on ouvrirait bien une bière, déjà, il y a la fébrilité qui nous fait tourner en rond et nous obnubile, la lecture est difficile, pas envie de prendre l'air, il ne fait même pas beau, la lumière extérieure et un repas sain, l'hydratation, à quoi bon, la nuit effacera le jour et bientôt l'on partira, comme l'on finit toujours par partir, pour chercher d'autres ailleurs encore, et puis dormir toute une journée.

Comme si quelque chose allait arriver, alors que c'est ce qui vient de se passer qui compte.

Jour bleu. À mon réveil, le vent souffle un grésil froid qui s'infiltre entre les mailles des lainages et décolore la mer et le ciel de la même façon que les montagnes. Tu as revêtu un pull en cachemire gris pour te confondre avec l'atmosphère, j'ai voulu me lover dans la douceur de ta poitrine, le nez enfoui dans le parfum de ton cou, embrasser le peu de peau nue qui dépasse.

Je n'ai pas vu le ciel virer au bleu — la bande blanche des îles à l'embouchure du golfe a illuminé l'horizon, la mer remonte le long du grand aplat d'estran, à coup de verts et d'indigo. L'arrêt du grésil nous éloigne, il fait trop frais pour enlever un vêtement et ton cachemire n'est plus de la couleur de mes yeux. Mon cœur flotte dans la marée ; porté par le courant, il glisse vers le large où les reflets sont mouvants, des ondulations de lumière.

Trop de bleu pour un jour pâle, et l'obscurité tombe déjà.

Une sale fatigue me donne la nausée. J'ai envie de mentir. Pourtant, je gratte la surface pour chercher le trouble des profondeurs. Le vernis m'insupporte, je pourrais m'y casser les ongles, à force de le rayer. C'est un mauvais jour pour plonger, un jour à tomber dans le maelström. Au fur et à mesure que le temps s'est éclairci, que l'amer bistre qui signale l'écueil a blanchi, le tourbillon bleu a creusé mon ventre.

Un de ces jours où l'espace derrière les yeux est
        vide
entre les yeux et les parois du crâne
        le vide
même pas un gouffre où tomber
l'expérience du rien se situe dans le haut du corps
alors que le bas est trop plein de tout
        de liquides et de boyaux
        d'angoisses
        de mollesse
et je n'ai rien à dire sur les jambes
        qui ne servent à rien
        qui ne portent pas
pas même la tristesse qui est inutile
une limace qui loge sous les pieds
la bave qui colle les orteils les empêche de se crisper
alors que l'on sait que ce sont les muscles

des orteils qui nous font avancer
et que les immobiliser nous paralyse
il faudrait que leurs ongles poussent
si longs qu'ils m'élèvent
des échasses de corne, fragiles
pour devenir vigie perchée
et basculer vers l'avant
le nez écrasé au sol les yeux sous les herbes hautes
et les insectes contre les joues
pour améliorer le jour face à la terre
emplir le vide du crâne
de vrombissements et de pulsations
        des ondes pour remplacer les mots
        des spectres brouillons
        des hautes fréquences
qui transpercent les tympans pour s'échapper
et par les ouvertures entreront les fourmis
le tapotement furtif de leurs pattes
à l'intérieur du crâne
me rendra folle   folle à lier
mais les fourmis mangeront la limace
et libéreront mes pieds.

Certains jours, le chalet de Sacha ment : il n'est pas le havre qu'il prétend être. La tranquillité contemplative que je cherche ici m'échappe. Si j'étais reine des neiges, silencieuse & immortelle, dans un palais scintillant aux portes en bourrasques et aux fenêtres de vent coupant, mille brisures de verre et mille et un flocons de glace me sépareraient de mes agitations. J'invoque en vain ce songe blanc pour geler mes métamorphoses, mais je préfère brûler à ton contact d'un feu ardent. J'oscille chaque jour entre l'ivresse de nos extases et une tension vers la solitude.

Je regarde vers les montagnes et je m'imagine gravir leurs sommets malgré la neige et les crevasses, les fissures qui m'avaleraient et se refermeraient sur moi — une épaisseur de neige d'abord translucide, de plus en plus opaque, qui obstrue la zébrure de ciel lointaine.

Je partirai sans anorak ni crampons ni corde, je revêtirai une pèlerine de flanelle grise, me saisirai d'une longue perche de noisetier ou de chêne. Une lanterne à la main, je cheminerai seule, longtemps, plusieurs jours peut-être, sans trêve, traverserai d'abord les forêts, contemplerai la dentelle de glace accrochée à la résille de brindilles des bouleaux, suivrai la trace des lièvres, des hérissons et des biches, jusqu'aux pierriers traîtres et aux étendues nues à la végétation rase d'où émergent à peine quelques genévriers et saules rampants, un désordre enseveli d'airelles et de bruyères. Là, je distinguerai à peine sous la neige les silhouettes atténuées des cairns, continuerai l'ascension encore, atteindrai un premier col puis un premier sommet, poursuivrai vers le deuxième col, le deuxième sommet, les quelques heures de jour s'estomperont, je n'aurai pas perçu la transition si douce entre l'aurore et le crépuscule. (Variations pastel de rose & orange, et ce bleu pâle qui s'accroche aux arbres.) La nuit ne me freinera pas, la neige brillera sous les étoiles et la lueur lactescente de la lune pleine, je n'aurai pas besoin de connaître le chemin, il me suffira de monter, monter encore, et je ne m'arrêterai que lorsque l'ascension sera devenue impossible. Au sommet le plus élevé, la flanelle de ma cape blanchie par le givre et les flocons de neige, je tendrai haut ma lanterne et mon ombre dansante dans la lumière folle grandira, enveloppera celle des montagnes, engloutira les glaciers. Serai-je reine, alors, ou vieille femme dont les cheveux blancs descendent en tresses aux chevilles, voûtée par les ans, aux mains osseuses qui ne savent plus se défaire de la canne ni de la lanterne ? Serai-je terrible ou sage ? Mon ombre immense, contemplée depuis l'estuaire et la fenêtre de notre havre, sera-t-elle autre que celle de la nuit si longue qui règne ici, inspirera-t-elle la crainte, l'exaltation ou l'indifférence ?

Mes yeux glissent des montagnes à la ville et je crois entendre derrière les fenêtres éclairées le bruit de conversations auxquelles je ne me mêle pas, un brouhaha incessant qui se dissout dans le ronronnement des ordinateurs et la cacophonie des télévisions. J'ai encore la nausée ; la fatigue se manifeste à la présence répétée de ce qui n'est pas moi. La rumeur incessante du monde et sa frénésie m'épuisent, la pensée de l'affolement, de la précipitation, de la foule m'alerte et m'affole, je les tiens à distance de mon esprit et de mon corps — ma peau est la frontière qui ne doit pas être outrepassée.

Je rêve d'une cellule monastique et de silence, un silence de violoncelle, un silence de pluie sur un toit, un silence de forêt et je rassemble mon esprit en une sphère dense et inatteignable. Aujourd'hui, rien ne me fera m'expandre et mon corps ne s'harmonisera plus avec un autre qu'en une chorégraphie immobile et muette. Ce soir, je réfute l'orgasme qui abolit les frontières de mon moi, mais je crois à la symétrie de ta paume contre la mienne et je rétablis en hypnose la fixité de nos regards plongés l'un en l'autre.

Je devrais dormir, le sel jeté sur le seuil de mon corps pour le clore, l'armoise brûlée sur mon thorax pour soulever les voiles, l'exploration reportée aux lendemains. Rien ne me transgressera cette nuit, ni esprit ni chaleur. La porte est close — je répète une litanie. Je ne serai pas transgressée.

Car c'est moi qui franchirai les seuils, déverrouillerai les chaumières de ceux qui détruisent, ignorent et exploitent pour me pencher sur leur sommeil. Dormeurs, dans vos bouches entrouvertes sur vos halenées je soufflerai les mots d'une vision qui vous pourchassera quand vous serez bêtes fauves, au galop freiné par les halliers des forêts ensorcelées, que les petites filles aux yeux noirs perchées sur les branches des cyprès noueux vous décocheront des paroles empoisonnées et laisseront tomber de leurs robes bleues à volants des rubans de satin qui s'accrocheront à votre fourrure.

Mes incantations me bercent et m'apaisent, la fatigue et la nausée mutées en colère et en cauchemars chassent le brouillard et la cendre du ciel comme une brise de l'est qui vire au noroît. Les jours sans, tu laisses passer les nuages et gardes tes distances, évites de me parler ; tu me laisses me démener avec moi-même et mes envies contraires. Dans le refuge de couvertures et de coussins où je m'enfouis, mes songes d'ermites et de sombres déesses se métamorphosent — des fantasmagories qui se resserrent, s'étirent, se déploient, se fondent les unes dans les autres, spectrogrammes psychédéliques qui imitent les mélodies qui me parcourent.

Pour me consoler et éloigner le gris du jour, je profiterai de la nuit qui vient pour retourner seule dans une des villes grecques à demi abandonnées du Magne dont le souvenir me hante. Le soleil y brûle l'herbe, l'on y rase les murs pour chercher l'ombre, au bout des rues la mer qui étincelle brûle les yeux. Sur une placette, une bande de mômes courent autour d'une fontaine, des bouteilles à la main, hurlant de joie à chaque fois que l'eau qu'ils lancent atteint l'un ou l'une d'entre eux.

J'y chercherai une maison ancienne, qui m'est apparue il y a longtemps, alors que je m'égarais dans cette ville traversée par une fourche — deux rues similaires se séparent au carrefour d'entrée puis encadrent une place carrée. Une promenade s'éloigne vers le port, les ruelles dessinent un quadrillage trop régulier pour que j'y trouve des repères, la fusée incongrue d'une antenne relais occupe une dent creuse entre les immeubles bas. Ce jour-là, les cafés étaient fermés ou vides, j'arpentais les rues à la recherche d'un cadenas, d'une moustiquaire et d'une quincaillerie ouverte, j'errais sur les trottoirs ombragés, je n'ai vu ni les ruines du théâtre ni l'îlot d'où Pâris embarqua pour Troie, Hélène comme trophée, j'ai grimpé des escaliers blancs et longé des immeubles vénitiens lépreux d'une beauté fatiguée, je n'ai pas dépassé le port. Plus je m'éloignais de la mer, plus les bâtisses étaient usées, leurs toits en partie écroulés, leurs huisseries grises et craquelées — des façades délabrées, des volets de bois arrachés, des murs lézardés par les fissures, des portes entrouvertes sur des intérieurs dénudés : un lit vide, une table bancale, un poster qui se détache et s'enroule sur lui-même, quelques casseroles, de la poussière —, mais toujours l'azur traversait les perspectives, la mer en promesse à chaque croisée et chaque ouverture.

Dans la maison que je veux revoir, je réussirai à entrer. Un des mômes qui jouent dans la rue me montrera la cachette de la clef, une sorte de boîte à lettres rouillée près de la fenêtre. L'intérieur de la maison sera froid et poussiéreux. Les enfants joueront dans les couloirs de l'étage, les tapisseries se décrocheront par lambeaux, leurs motifs floraux élaborés, aux lianes dorées et pastel, joncheront le parquet usé. Une jeune fille plus âgée que les autres regardera les enfants jouer. Ses cheveux gris lui arriveront à l'épaule, un carré trop long, je ne saurai pas si c'est leur couleur naturelle ou la poussière. Est-ce une enfant ou une femme voûtée entre deux âges ? Sa longue jupe vert forêt flottera autour de ses chevilles osseuses, elle rasera les murs et clignera les yeux quand je la croiserai, comme une poupée en plastique que l'on berce en chantonnant. J'errerai, ralentie, absorbée par les motifs végétaux, l'or, le vert pâle, le vieux rose, qui laissent sur les doigts des traces grises lorsque la main glisse le long des murs, dans ces couloirs interminables qui absolvent le temps. Des bruits de pas résonneront au rez-de-chaussée, la porte d'entrée s'ouvrira et se refermera, un souffle d'air chaud traversera la maison, chargé des odeurs de la rue — poussière, soleil, herbe sèche. La sentinelle qui veille sur les enfants et la maison entrera. Elle s'installera dans un grand fauteuil en osier dans un angle de ce qui doit être le salon. « Ne devrais-tu pas trouver un autre endroit pour les enfants ? » lui demanderai-je. Elle posera un doigt sur ses lèvres, puis me répondra : « Ici, les enfants sont pouilleux, mais ils sont heureux, je crois. » Elle se relèvera et saisira avec délicatesse ma main pour me guider jusqu'à une porte en chêne sombre qu'elle ouvrira avec une autre clef, puis me fera signe de la suivre à l'intérieur. La femme qui habite la maison, propriétaire des murs et des deux clefs, vit dans cette pièce, mais elle s'absente toutes les après-midi. Je profiterai de son absence pour déambuler dans la pièce. La sentinelle m'observera, appuyée au chambranle de la porte, je trouverai superbe son visage à peine éclairé par la faible luminosité qui émane de la chambre. Elle sourira, et encouragera mon exploration.

Les murs phosphorescents luiront bleus, une lumière électrique, et ma peau se contractera et se lissera avec le froid. Je tournerai dans la pièce en évitant l'espace central que je ne verrai pas. Tout sera noir au centre, un vide entouré de balustrades blanches, je ne saurai pas si ce vide est absence ou structure, un gouffre ou une pierre noire dressée qui absorbe toute lumière jusqu'à devenir illusion de l'absence — je n'essaierai pas d'y appuyer la main. Le plafond sera haut comme celui d'une cathédrale, je le distinguerai à peine, il y aura des niches et des alcôves, les plantes les plus vigoureuses atteindront leurs balcons.

Car, au pied des murs de cette pièce qui m'apparaîtra comme un déambulatoire autour de ce noir, illusion de l'absence, une végétation étrange croît. Ce sont de hautes herbes aux feuilles coupantes, une végétation à étages, un espalier de fleurs. Je penserai à la fleur de datura blanche et molle qui ne s'ouvre que le soir, mais je ne la verrai pas. Ne seront présents ni datura ni jusquiame, je ne trouverai pas les poisons, j'aurai froid, la sentinelle ne sera pas entrée dans la pièce à ma suite, elle sera toujours appuyée contre le chambranle, je ne saurai pas si elle m'observe.

La lumière bleue m'appellera et m'hypnotisera. Je voudrai être transe dans les fleurs, je serai transie sans transe, autour du vide central ma circumambulation dessinera un carré au lieu d'un cercle, mon corps glissera comme celui d'un fantôme, une dame bleue dans la chapelle. La femme qui possède les lieux, absente, n'aura laissé aucune trace, pas d'empreinte — les fleurs savent-elles seulement son nom ? Je plongerai le visage dans les plus proches du sol, de petites étoiles violettes qui ne dégagent aucune odeur. Juste au-dessus d'elles, des narcisses se pencheront vers moi, leur jaune sera atténué par l'étrange bleu des murs et je ne saurai pas décrire leur couleur. Je resterai assise longtemps, entre l'espace noir et les plantes qui me sépareront du mur bleu, pourtant je penserai à la danse, la transe sous les herbes coupantes, et cette lumière sera froide, si froide et si belle, d'une beauté non sans périls. Les narcisses m'envoûteront, avec leur parfum fort, étrange, presque bitumineux, entre l'âcre et le poudré, quelque chose qui attire et révulse — révulse, attire.

Si un froid glacial ne tombe pas d'un coup, je pourrai dormir à leur pied, bien que cette idée soit dangereuse.

Quand la main de la sentinelle se posera sur mon épaule pour m'indiquer la sortie, m'entraîner dans la chaleur de l'extérieur, je voudrai que cette main glisse de l'épaule à la hanche, je voudrai le sexe comme offrande aux narcisses, aux herbes, au bleu, je me voudrai nue dans ce sanctuaire, et pourtant l'idée de cris et de halètements ne coïncidera pas avec la sensation de cette lumière, la sueur et la cyprine n'auront rien à faire dans cette pièce, je ne connaîtrai pas cette sentinelle, je ne saurai pas pourquoi elle m'aura montré la pièce, ni pourquoi l'enfant m'aura ouvert la maison.

Pourquoi parle-t-elle, de sa voix douce et belle ? Ses mots n'ont aucun sens dans le bleu, des phrases qui me repoussent vers l'extérieur, et pourtant je viens d'apercevoir derrière une colonne la blancheur de la neige, une lueur, de la neige dans cette chambre, mais je ne peux pas l'atteindre parce que la femme de la maison et des clefs va revenir, je suis mise à la porte sans avoir foulé la neige, l'humide de la neige qui fond sous les pas et se transforme ensuite en ovales gelés là où les pieds l'auront tassée.

La rue n'aura pas changé : des façades lézardées, une chaussée bosselée, des hordes de gamins qui se poursuivent et jouent au chat ou au loup, des portes fermées, la peinture écaillée, pas de vitrines, pas d'adultes — sauf moi.

Au réveil, je contemple le bras de mer, les vagues qui rident la surface, l'écume sur la crête de certaines d'entre elles, les lumières qui peignent par touches épaisses la rive d'en face, les sommets masqués par les nuages. Du côté opposé au vent dominant, le tronc des sapins forme une masse sombre qui contraste avec la blancheur déposée à l'ouest sur leurs écorces. La température de l'eau est beaucoup trop basse pour une baignade et mon corps a plus besoin de repos et de léthargie que de l'éveil violent et de l'afflux d'énergie soudain que provoquerait un plongeon. Je me nourris de l'iode que le vent porte sur mes lèvres et ma langue, de la neige qui tombe sur mes épaules, de la luminosité douce qui persiste malgré la nuit qui croît jusqu'à dévorer les jours.

La pâleur du ciel et du paysage en convoque une autre — une pâleur estivale cachée sous les aulnes. Des étoiles creuses, des spirales blanches. Entre les galets anthracite et dorés qui tapissent les berges d'un torrent, je revois les grandes fleurs de datura qui se closent le jour et, par grappes de trois ou quatre, les cônes des aulnes noirs qui voyagent dans les remous de l'eau.

Là-bas, dans un village caché dans une vallée discrète, un vieux platane abrite la terrasse d'un café où j'ai dévoré des pizzas accompagnées de bières fraîches, des guirlandes lumineuses éclairaient les branches et les visages le soir, je me souviens des tables de l'autre côté de la route, le long de la rivière, des chaises en plastique sous les frênes, des éclats de voix, des retours de baignade, des voitures garées sur le trottoir, leurs bas de caisse rouillés par le salage hivernal, du parfum floral émis par la fabrique d'huiles essentielles en aval. Le torrent, en contrebas de la route et des maisons, est le même que celui du datura et des aulnes, mais il perd en traversant le village sa sauvagerie et sa transparence, et gagne en algues dorées, en pieds nus d'enfants, en épuisettes et en seaux rouges ou jaunes plongés dans ses remous par de petites mains.

L'après-midi, avant le café et les pizzas, je m'étais éloignée du village et avais remonté le cours de l'eau jusqu'à atteindre une crique tranquille. Je m'étais immergée comme les cônes des aulnes dans le torrent peu profond pour supporter la chaleur sèche, allongée sur le sable pour que l'eau fraîche me recouvre tout entière. Des fossiles immobiles étaient incrustés dans les dalles naturelles qui bordaient la rivière, polis par l'eau et les siècles. Si je m'étais étendue assez longtemps au soleil pour chasser de ma peau les gouttelettes volées au torrent, ils auraient laissé leurs empreintes enspiralées sur l'arrière de mes cuisses et de mes bras — des tatouages nautiles pour hypnotiser les hiboux et les crapauds. À chacune de mes visites au torrent, le datura m'accueillait, ses larges feuilles vertes et dentelées pendant de sa tige haute, mais ses fleurs nocturnes dissimulaient au regard les secrets hallucinés cachés en leur sein.

La vision du datura se dissipe, voici de nouveau la montagne et l'hiver, le chalet qui m'appelle, la grève blanchie, le goémon enseveli par le froid, et je me demande où les crabes disparaissent, dans quel endroit secret, quel recoin sombre que la glace n'atteint pas — une anfractuosité sous la roche où résonnent dans le noir le clapot des vagues et leurs crissements d'arthropodes sur le gneiss.

Je marche sur la rive en songeant que ce lieu n'est pas réel : le golfe étroit, la vasière, les montagnes et les glaciers, les lumières de la ville de l'autre côté de l'eau, les oies, les courlis, les huîtriers pie qui, ça y est, ont tous migré au sud, les grandes forêts de résineux et de bouleaux, le chalet de Sacha et le crépitement du feu dans l'âtre, les plaids dans lesquels je m'enveloppe le soir. Je les ai tous inventés, et je tisse autour de toi un entrelacs de fils de laine colorés. Seuls existent mon rouet et mon métier à tisser de conteuse, le murmure de la roue qui tourne et le va-et-vient de la navette, mes mains qui dansent avec la laine, l'usure de la peau là où le fil frotte & celle de la langue sur les dents.

J'ai parfois des difficultés à savoir dans lesquels de mes souvenirs je dois te situer. Il me semble que ta présence à mes côtés est éternelle, et l'image de toi se surimpose à celles où je puise. Je voudrais réécrire le palimpseste de ma mémoire pour t'ajouter aux scènes où tu n'apparais pas : le vol du premier pélican, le serpent noir dressé sur le chemin, l'hôtel abandonné où je me suis douchée ce jour si chaud que j'aurais pu m'évanouir. Étais-tu là ? Pourquoi te raconté-je ces fragments si tu as contribué à les créer ?

Des pièces m'échappent. Je cherche en vain l'endroit coincé entre la nationale et l'autoroute où j'ai aperçu des cabanes toutes de bric et de broc : une banderole dont je n'ai pas pu lire le message peint dans un alphabet que je déchiffre à peine, une grande vigie en bois de palette, qui évoque les affûts de chasse; je glisse, encore, sur cette ancienne route grecque où me transportent toutes mes pensées d'asphalte.

Je me souviens des grenadiers en fleur, le rouge sang en couronne dans les cheveux et la promesse du jus des six cents graines qui explosent à l'automne dans les bouches, un liquide carmin qui coule sur les mentons et sucre les cous et les doigts.

Les routes poussiéreuses couraient entre les vergers, les arbres de Judée et les tamaris tachaient de rose les bas-côtés, la sauge de Jérusalem peignait les montagnes en jaune, rien n'était sec encore et j'allais vers l'été. Au bord d'un lac, j'ai foulé la camomille et le serpolet, les tortues terrestres se prélassaient dans le soleil matinal, leurs pattes griffues marquaient la boue fraîche des chemins, je les ai regardées longtemps, guettant dans les taillis le vacarme de leurs déplacements.

Et plus le Sud gagnait du terrain, plus la lumière blanchissait — une brûlure.

Sous ce soleil, tout ploie.

L'herbe grillait, la peau des montagnes se rétractait, fissurait, laissant apparaître la terre ocre entre les arbustes couverts de poussière.

Les serpents se cachaient, leurs mues séchaient entre les pierres, mon corps se craquelait comme la terre, la peau de mon front se tendait, mes pieds durcissaient. Le bourdon des cigales masquait un silence lourd, déchiré par le cri des rapaces qui planent à contre-jour. Blanc, or, un rose qui vire à l'indigo, puis la nuit. Pas de nuages à embraser quand le soleil plonge dans la mer, pas d'incendie. Rien que le poids de la chaleur, les yeux plissés, l'ombre à peine un remède à la lumière.

Ici, dans le Nord, elle est une matière nouvelle —
        une consistance   comme un surcroît
de transparence
cette lumière :
quelque chose d'intangible qui enveloppe
les bouleaux
(surcouche de blanc au premier plan des pins noirs — toile poudreuse de givre — brindilles pendantes — gel et neige)
un réseau
qui capture le soleil   bas
captive   bleu pâle rose orange & or
                        rien de tranchant
une douceur vive comme   une blessure
une joie immense   retenue
un accord entre la glace le froid et l'air
        qui n'a lieu qu'au nord   du Nord
quand des ciels trop grands et un soleil trop bas
se mélangent en des tonalités   inconnues
à un corps
        qui s'est brûlé l'été sur le bitume
à une bouche

qui n’appréhende pas l’absence de soif
à des yeux
qui découvrent un froid qui fige
la cornée et la peau trop fine
Je ne peux nommer sans avoir été
enveloppée par elle — toute une vie —
cette lumière
— présence et apnée

Quand dehors le vent du nord-ouest annonciateur de la glace et des longues nuits souffle à en faire vibrer les fenêtres et que le froid brûle les yeux et la peau fine des pommettes, quand le matin le feu peine à s'allumer et à réchauffer le conduit glacé du poêle et que les souvenirs rapportés de notre promenade dégoulinent sur le seuil en flaques de neige fondue, je coule contre le tien mon corps, appuie sur ton ventre mon dos et sur ta poitrine mes épaules, pour que le voile de fraîcheur que je déteste ne puisse pas se déposer sur l'espace plat entre mes omoplates.

Là, au creux de notre abri assiégé par le froid et une nuit plus longue que le plus long jour d'un été grec, comment te dire autre chose que le mouvement et la route ? Je continue à te parler de mes itinéraires méditerranéens et une partie de moi se persuade que ma place réside sur une île, servant des caïpirinhas derrière le comptoir d'un bar de plage. Cette pensée méridionale récidive par intermittence, et pourtant je ne cesse de revenir ici, dans le Nord, entre la montagne et l'eau, auprès des grands pins sylvestres et des mélèzes qui se penchent sur le toit, dans ces forêts d'épicéas et de bouleaux traversées de sentes où se cueillent avant le givre les baies bleues et noires.

Ce soir, il gèle à pierre fendre et, en revenant de la forêt, j'avais les doigts si gourds que j'ai failli faire tomber la clef et nous enfermer dehors, nous n'aurions pas réussi à la ramasser. Nous nous blottissons sous les courtepointes, tes bras sont chauds autour de moi — tu brûles, et la chaleur que tu me transmets fourmille jusque dans mes pieds, le poids de tes jambes m'écrase un peu.

Les heures s'écoulent sans bouger, sans parler, sans dormir.

Sur le seuil, les légumes crus laissés en offrande aux animaux des bois gèlent et cassent. Les sabots des biches claquent sur la terrasse. À chaque fois que toi ou moi nous extrayons du lit pour apercevoir leurs ombres, elles disparaissent, l'oreille sensible aux bruits de nos corps maladroits.

Bercée par la chaleur et la certitude de ta présence, je somnole. Le funambulisme entre l'éveil et le sommeil aiguise mes perceptions, amplifie les sons. Les bruits réels s'emmêlent aux images hypnagogiques que le sommeil attise. Le bois des murs grince, contracté par le gel. Je vois un porte-plume tourner devant moi comme une vis sans fin, à l'arrière de la plume en bronze est incrusté le bec d'un dauphin, enserré entre les ailettes de métal. Le chauffage électrique cliquette. Je bois l'encre et vomis comme un poulpe. Le choc sourd d'une bûche consumée qui se brise résonne dans le silence derrière mes paupières closes. Je promène mon doigt dans les creux de chairs entre deux os sur une poitrine d'oiseau ou d'agneau — souvenir du poulet du dimanche que je découpais cru et froid avant de le cuire à la cocotte.

Il manque de la fumée à cette vision.

Quelque chose de lactescent.

Je voudrais caler mon souffle sur le tien pour trouver le sommeil, mais tu respires trop vite ou trop ample pour que je t'imite, nos cages thoraciques ont chacune une façon unique de se dilater. Tes expirations chatouillent la peau de ma nuque, alors je me retourne pour te faire face. J'effleure tes pieds avec les miens, glisse mes doigts dans ta paume ouverte. Ta douceur m'apaise.

Pendant notre sommeil, la neige recouvrira les traces de pas des biches — nous ne saurons pas si nous avons rêvé le bruit du passage de la harde. Demain matin, dans la blancheur de notre marche, nous ne distinguerons pas le chemin des arbres ni le sol du ciel, la neige aura absorbé la saturation et le relief, donnant naissance à un monde monochrome en deux dimensions.

Nous n'affrontons pas cette sorte d'épreuve, de stase, à l'unisson, mais côte à côte — deux lignes qui se maintiennent parallèles quelque temps, sans fusionner, acceptant la distance irrépressible engendrée par l'altérité. Nous faisons vibrer l'espace qui nous sépare comme la peau d'un tambour. De lentes pulsations se répercutent dans nos fibres — elles s'accélèrent parfois, cent trente battements par minute, une transe. Nous respirons, ici, loin de tout, nos souffles mêlés, nos bouches qui aspirent et exhalent tour à tour l'air relâché par l'autre ; nous dansons, encore et encore, sans que jamais la frontière de nos peaux s'abolisse, même si chacun de nos orgasmes repousse plus loin les limites de nos êtres en expansion.

La fixité du chalet efface le souvenir des routes et des paysages. L'idée du mouvement est presque douloureuse : elle le serait si l'hiver n'avait pas amoindri ses saillies, l'estompant par un sfumato vaporeux. La neige recouvre tout, atténue les sons et les choses, cache les arêtes, les aspérités. Même les pensées sont ensevelies par le silence et la blancheur.

Immobile, l'hiver — enfermée, les jambes ankylosées. Dans l'attente du printemps mouvant je rêve du flou cinétique derrière la buée des fenêtres des trains, mais les murs ne laissent pas transparaître de traînées d'arbres ni de champs, le ronronnement des tapis roulants du centre commercial est vide du staccato ferroviaire.

Je cours l'été pieds nus, dans la longue nuit je suis loir.

Je passe de nombreuses heures à l'intérieur, mais pas assez à écouter ce qui pulse, à interroger mes profondeurs. Mon eau dort.

Je mens : la surface est troublée. Par des riens, des feuilles qui chutent, des amerrissages d'oiseaux. Je voudrais qu'elle soit calme et ne rien savoir des courants invisibles. (Je suis un lac, une rivière me traverse entre deux eaux, elle me pénètre et me crée puis s'écoule en cascade. Je ne peux pas la voir.)

Mes yeux sont entourés de cercles pâles, ma peau blanchit.

Nous vivons des jours entiers dans la lumière artificielle, et je me demande ce qui se passerait si nous n'avions que des bougies : un long sommeil, un engourdissement de l'esprit ? Que ferions-nous de nos journées, quelle serait la texture de nos peaux, ressemblerions-nous à des poissons, à des créatures cavernicoles ?

Quels sont parmi nos corps possibles ceux que je préfère ?

Tu pars parfois toute la journée, de longues excursions dont tu rapportes des pages de croquis, des photographies d'empreintes et d'éclats de couleur, quelquefois l'odeur d'un café et quelques victuailles ramenées de l'épicerie située dans le hameau le plus proche. Seule, je remplis moins bien l'espace intérieur du chalet. Entre deux pages lues ou écrites, je bois des litres de thé noir en fixant l'obscurité qui s'étend derrière les carreaux, guettant les mouvements furtifs qui la parcourent et l'animent.

Contrairement à toi, je traverse peu le golfe. Pour rejoindre la ville dont nous voyons les lumières depuis la rive, il nous faut attraper un bus qui traverse le hameau voisin puis emprunte le grand pont enjambant le bras de mer. Lorsque je t'accompagne, la chaleur et les lumières m'enivrent. Les sourires, les salutations, les frôlements aux entrées des boutiques, la musique dans les coffeehouses, tout m'enchante. J'achète par poignées des stylos et des cahiers, une pile de livres dans la librairie du centre commercial, j'engloutis avec plaisir les lattés couronnés de crème et de cannelle. J'absorbe l'atmosphère pour remplacer quelques heures le silence et le blanc qui nous entourent et nous habitent depuis notre arrivée. Puis nous marchons de l'arrêt de bus au chalet les bras pleins de sachets, nos lampes frontales troublent la nuit, un demi-mille à travers bois et, sur le chemin, la ville qui nous empêtre encore se décolle par plaques. La porte déverrouillée, nous devons relancer le feu éteint que j'aurais entretenu si je n'étais pas venue avec toi. Ranger les courses, allumer le gaz sous la bouilloire et préparer un en-cas, secouer de nos manteaux la neige et les dernières miettes de civilisation qui s'y accrochent, nous couper jusqu'à demain de la nuit, du froid et de l'hiver, nous isoler de toute extériorité pour que n'existent plus que nous deux, les fauteuils, l'âtre. Nous parlons à bâtons rompus, d'abord quelques phrases, « passe-moi le lait d'avoine », « tiens, tu peux ranger les conserves dans le buffet », « est-ce que tu veux du sucre ? », puis le flot de paroles se libère, une cascade dégelée par la chaleur du foyer, par l'excitation de la sortie.

De quoi nos journées sont-elles remplies ? Un déroulé de micro-événements variables, le porridge du petit déjeuner, les longues promenades dans la neige, les thés noirs et les toasts au fromage ou à la confiture de myrtilles, des regards échangés, des caresses légères sur le dos quand un déplacement dans la pièce nous amène à frôler la chaise de l'autre, des heures de lecture, d'écriture, de dessin, les bûches qu'il faut fendre pour alimenter le poêle, les bains chauds, la vapeur sur les carreaux quand l'eau bout. Mes absences, tes excursions. Nos téléphones sont éteints, le réseau n'est pas fiable, tu profites de tes passages en ville pour te connecter au wifi du coffeehouse et envoyer tes esquisses à qui les attend. Je n'ai pas voulu apporter d'ordinateur, j'use cahiers et crayons de manière effrénée, plus que toi qui utilises le papier avec parcimonie et efficacité. Je voudrais tout décrire : chaque flocon de neige à l'extérieur, chaque mouvement de l'eau qui me constitue, chaque douleur infime — une écharde plantée dans la paume de la main gauche en remplissant le panier à bois, une coupure superficielle avec le couteau à pain, un bleu sur la cuisse à cause d'un angle de la table. Je ne sais pas encore ce qui compte, ce qui restera, je crains de manquer un détail qui disparaîtra dans les nimbes de l'oubli.

Je grave dans mes carnets le carrelage derrière l'évier, des carreaux de ciment d'un beige usé, d'une vingtaine de centimètres de côté, avec en leur centre une rose des vents constituée de deux croix, l'une gris pâle et l'autre noire. Au-dessus d'eux, une frise rouge sur fond blanc, des spirales qui courent sur le mur, en partie dissimulées par les ustensiles de cuisine suspendus par des crochets à une barre en inox. À chaque petit déjeuner, je fixe les roses des vents. Je n'arrive pas à savoir s'il s'agit de deux croix encastrées l'une dans l'autre, ou bien d'une croix superposée à un carré — croix grise sur carré noir, carré gris sous croix noire. Les lignes et les couleurs ne changent pas, mais je fais danser les roses, je modifie leurs reliefs et leurs sémantiques.

Je reprends ici, là où je me suis arrêtée. Je n'ai pas parcouru toutes les images — des pièces manquent encore, le kaléidoscope de ma mémoire bouge plus vite que je n'y insère les formes colorées qui l'animent. Chacune est une réminiscence, et quand le prisme triangulaire tourne sur lui-même, emballé par mon exaltation à exhumer l'image, à dire le mouvement alors que j'expérimente l'immobilité, la cinétique floute les orchestrations de formes et de couleurs, estompe la lisière entre une banquise de remembrances et un océan de chimères, ouvrant un espace liminaire où l'eau libre et les glaces qui dérivent se mêlent et s'entrechoquent. Parfois, je m'éclipse dans cet archipel protéiforme et mes escapades t'offrent le silence des bois, le crépitement du feu dans l'âtre, le chant des rapaces nocturnes. Je crois que tu les savoures autant que moi, que nous avons besoin de ce calme, de cet éloignement momentané de nos corps, d'une trêve dans nos palabres pour redessiner nos frontières personnelles.

Lors de l'une de ces escapades, à quelques mouvements — quelques possibles — de nous, je trouverai une moto sous une bâche dans l'appentis. Tu me regarderas démarrer depuis le porche, avec cet air paisible qui me conforte. Je traverserai la forêt jusqu'à ce qu'elle s'amenuise, et puis je roulerai longtemps. J'atteindrai une planète recouverte de sable et verrai les vagues des dunes, un océan d'or cuivré, les couleurs de l'aurore, des crêtes aux ombres mauves. Il y aura un cercle de montagnes, qui enferme un cirque empli d'eau. Je me souviendrai avoir vu depuis le ciel ce lac d'altitude, immense, entouré de sommets déchiquetés, avoir pensé à un atoll en formation posé dans le désert. L'eau, là-bas, a la couleur du sable qui entoure le cirque, or & rose. Sa surface est lisse, immobile. Le désert est loin en contrebas du cirque. Depuis le désert, il faut des jours pour franchir la barrière montagneuse qui protège le lac et pénétrer dans le cirque. Il n'y a pas d'eau, pas d'oasis, dans ce désert.

Sous la surface du lac, j'apercevrai une ombre, une grande ombre noire qui fend les flots. À première vue, un cétacé, mais si l'on observe mieux, l'on distingue une chevelure brune, sans corps. Des tentacules noirs, mais ce n'est pas une pieuvre. Une longue chevelure, qui tourne comme une orque emprisonnée, dans ce lac immense, qui n'est pourtant pas trop étroit pour elle, qui est sa demeure, dont elle est la gardienne.

Ce qui menace.

Le désert sans peuple.

Le lac est-il un œil ? Je verrai un iris déteindre en traînées sombres sur le blanc.

La paupière clignera.

L'œil sombre n'est pas le lac. Le lac au centre des montagnes sur la planète désertique porte les couleurs du calme voluptueux.

Je descendrai de moto pour me baigner dans le sable et contempler d'en bas les montagnes, me tordre les cervicales pour apercevoir leurs sommets, ignorer en leur centre le lac, son eau paisible, l'ombre qui pourfend ses profondeurs. Dans le sable, je voudrai recouvrir mon corps à l'exception des pieds, des mains, de la tête, comme une enfant. Le sable sera fin comme de l'or, grains minuscules, paillettes roses et orange, et quelques éclats noirs brillants, poussière d'obsidienne et de mica. Un sable si doux, qui glissera entre les orteils, entre les doigts. Je deviendrai or à son contact, les cheveux longs qui balaient mon dos seront d'or comme mon front, mon ventre et mes cuisses, je serai or dans le sable et les montagnes cacheront en leur centre un lac.

Le désert fige le temps et me statufiera. Je n'y brûlerai aucun pétrole — pas de puits, pas de torchère. Aucune fleur blanche, aucun scorpion. Le silence qui module les dunes leur donnera leurs formes de vagues, des microsillons.

À un moment, j'enfourcherai de nouveau la moto stationnée derrière une crête et quitterai le désert où je n'aurai rien enterré. Quand la courbure de la terre avalera dans mon dos les montagnes, que l'horizon ne sera plus qu'une ligne de feu, la route se redéploiera. La moto virera dans un nuage de poussière et rejoindra l'asphalte. Je roulerai jusqu'à la nuit où tu m'attendras, vers la lune grosse alignée sur la bande blanche centrale. L'érosion du sable laissera émerger des roches éparses, des galets d'abord, puis des monolithes, des pics sculptés par le sable, des arches. À intervalles de plus en plus réguliers, j'apercevrai des cactus dresser leurs bras vers le ciel, un fouillis de sauges et d'armoises leur succédera, puis l'idée du désert s'éloignera, la planète de sable aura disparu.

Au petit déjeuner, je t'évoquerai le désert et l'asphalte, la chevelure, mais nous ne trouverons ni la moto ni la bâche sous l'appentis. La nuit garde précieusement nos secrets et nos solitudes.

Nous menons, toi et moi, des quêtes étrangères l'une à l'autre, dans une solitude que nous partageons comme les courtepointes qui séparent la chaleur de nos corps du froid de la nuit. Nous arpentons la forêt par des chemins différents, nous nous rejoignons pour contempler le golfe, les vagues, les triangles abrupts des montagnes.

Lors de mes absences, j'explore des mondes dont tu n'as pas idée. Je me dirige à la croisée des chemins pour m'enfoncer dans les profondeurs, je sonde mes abysses, puis remonte le long de la ligne de vie à la force des bras. Lorsque je perce le mur de la surface, que je franchis la frontière entre l'intérieur et l'extérieur, je te vois, le visage penché sur le mien, pareil à une illusion que j'effleure du bout des doigts. Qui es-tu ? Un rêve tangible auquel je m'amarre, une apparition plus réelle que les fantasmagories qui me hantent.

Ta voix est la corde qui me lie à la réalité de cet hiver. Souvent, je me demande laquelle de ma réalité ou de la tienne est la plus consistante, qui de nous deux a une substance effective, comme si nos deux existences ne pouvaient pas cohabiter sur le même plan, que croire en leur simultanéité demandait un acte de foi qui me dépasse.

Je ne suis pas certaine de savoir ce que tu cherches ici, si loin au nord. Qu'y trouves-tu qui répond à tes questions ? Tu remplis des carnets d'esquisses rapides au crayon — silhouettes noircies de mélèzes et d'épicéas qui flottent dans le blanc de la page, visions fugitives de fourrures (cerfs, écureuils — des éclairs), plaques de glace soulevées qui dévoilent les dessous de l'eau, fissures indigo sur le lac gelé. Entre les pages, des fragments d'écorces déforment le papier. Ce que tu composes n'appartient qu'à toi. Les fragments de paysages que tu collectes, les assemblages que tu orchestres, sourcils froncés, yeux rivés sur tes mains qui dansent autour des cahiers que tu couds. Tu lèves le regard — mon visage est un miel de pommettes et de lèvres, un piège qui t'est destiné.

Ce n'est pas toujours moi qui parle. Tes mots sont plus hachés que les miens, des syncopes qui surviennent au réveil, à l'heure trouble où les frontières de la veille et du sommeil sont encore floues. J'en suis la dépositaire, et je les enfouis sous la terre des carrefours que je garde, attentive à ne pas les dévoiler.

Nous avons en commun les galets blancs des plages du Péloponnèse, les lumières pourpres et ocre du couchant sur le Rhône, le long trajet qui mène jusqu'ici. Des heures et des heures de paysages qui ont défilé sous nos yeux, les mêmes flashs à la sortie des tunnels et des virages, la même chaleur sur nos peaux desséchées par le sel, la même street food avalée sur des trottoirs vides ou à l'intérieur de halls de gare exposés aux courants d'air, et la somme des jours qui s'additionnent ici, dans cette longue obscurité hivernale qui nous maintient dans un état proche de l'engourdissement, les sens émoussés par l'amas de blanc dans la nuit, par la chaleur diffuse du poêle, par les surcouches protectrices de vêtements que nous empilons sur nous pour affronter l'extérieur à chaque marche, par le poids des courtepointes qui nous enfoncent dans le matelas et entravent nos étreintes.

Les amas de phrases que ta bouche délivre contiennent une violence, une rage, que je ne veux pas apaiser, un océan impétueux qui te soulève et se transforme sous tes pieds en un sable assez solide pour être frappé par tes foulées déliées. Tu es la vague qui se creuse, se gonfle et s'abat, inlassable, infatigable. Ta puissance me submerge, elle m'effraierait si nous ne l'apprivoisions par la douceur de nos mains et de nos langues sur la peau de nos cuisses, par la danse de nos torses qui s'effleurent, se rejoignent et vacillent, par la contraction de nos jambes entrelacées comme nos doigts, par la patience avec laquelle nous explorons nos corps et leurs possibles. Je n'écrirai pas notre rencontre, car à son récit je préfère la collecte de nos moments éphémères et de nos gestes infimes. Je voudrais les recueillir comme des coquillages sur la plage, et observer ce qui se déploie quand ils se mélangent au fond de ma musette, quand ils cessent d'être secoués par les marées et les tempêtes — là où tout s'apaise.

Hiémales

Depuis quelques semaines, l'obscurité est presque permanente et toutes nos marches sont nocturnes. La neige a depuis longtemps enseveli les sous-bois, dissimule au regard le fragon et les myrtilles, et ne laisse de répit qu'aux fûts blancs ou bruns des arbres qui jaillissent de la terre comme des mâts dont les haubans se taisent — murmure des flocons qui tombent d'une branche en poussière aveuglante à l'envol d'un oiseau, grincement des pas qui tassent la poudreuse, babil des écureuils dissimulés dans les cimes : dans le silence de la nuit, chaque bruit acquiert un relief nouveau et s'étoffe d'un duvet pâle qui l'épaissit avant que le blanc ne le dissolve.

J'ai trouvé dans la forêt une clairière délimitée par une résille de bouleaux à l'écorce bosselée. Une sente y mène depuis l'arrière du chalet, coupant en diagonale les chemins plus larges que nous empruntons ensemble, j'y ai suivi les empreintes des animaux — creux légers, neige fondue puis gelée, taches gris perle sur le sol.

Certaines pistes apparaissent sur quelques mètres puis disparaissent, des trajets sans début ni fin, sortis de nulle part, des miracles brefs — comme si la chevrette ou la biche qui les a parsemées derrière elle avait opéré un saut immense. Alors que je joue à identifier les empreintes et à marcher dans les pas de la hase, la blairelle ou la renarde, je songe à tous ces animaux que je ne vois pas, dont je ne capte que les traces et jamais les corps, qui ne s'inscrivent dans la conscience que par leur absence révélée par la neige, à tous ceux que la forêt dissimule à mes yeux aveugles, à mon odorat faible, à ma démarche pataude et bruyante — *tout ce qui dans la forêt doit vivre et transir.*

À l'orée de la clairière se dresse un arbre immense, inhabituel, presque un frêne, mais quelque chose dans sa posture, dans la complexité de sa ramure, dans son extrême vieillesse, concentre en lui l'essence et l'ombre de tous les arbres.

Longtemps, je le contemple. Son écorce obsidienne absorbe la lumière, les vrilles de son tronc qui semble enroulé sur lui-même, comme l'on enroulerait une masse épaisse de cheveux noirs, relient le ciel nocturne et la terre. À travers le labyrinthe des branches dénudées par l'hiver, le gel et la nuit, j'attrape des pans de la voûte céleste qui danse et frémit sous la caresse des ondes qui déchirent ses voiles — des ondes vertes comme les esprits hallucinés qui, lorsque l'on se tait, que l'on ferme les yeux, que l'on cède au sommeil et à l'oubli, volent vers le Grand Nord où les attendent leurs palais magnétiques.

Au pied de l'arbre, une fente noire, un terrier d'où émane un souffle qui paraît tiède dans le froid glacial. Qui descend dans cet inframonde à la recherche de sa promise, frappé de l'interdit de la regarder ? Les yeux bandés, une épée vorpaline dans chaque main, les lames croisées en bouclier, une gardienne guette le son des pas de l'homme et à l'instant où il foule le sol d'en bas, elle lâche les lames et arrache de sa propre poitrine son cœur — il explose en grenade et tache de rouge les lèvres de l'amant faillible aux yeux méfiants et scrutateurs qui sans cesse renvoie dans un sous-sol noir l'aimée silencieuse qu'il veut posséder.

J'observe le presque-frêne et je sais que je me laisserai couler dans le terrier. Entre les racines, je disparaîtrai. La longue descente sera une déprivation de tous les sens — une chute dans un vide absolu à travers toutes les couches du manteau terrestre, humus odorant recouvert de neige, épaisseurs pourrissantes des corps végétaux et animaux qui se décomposent autour de leurs os et de leurs fibres carbonées, roches sédimentaires, magmatiques, métamorphiques, jusqu'à la cavité dont les racines de l'arbre forment les arches, disposées en un vaste cercle.

Au centre de la pièce, une vasque d'obsidienne porte un œuf rose aux veines ivoire. Il me faudra suivre vers le bas le pilier qui porte la vasque, descendre encore dans le noir, inconsciente de mon corps, insensible au froid ou à la chaleur qui régneront, sourde comme le serait une couleuvre privée de langue, incapable de goûter les pulsations de l'air. Sous le pilier, les couleurs seront abolies. Une sphère blanche entourera un disque noir — le temps d'un cillement, le monde basculera et les couleurs du disque et de la sphère s'inverseront. Le blanc m'aveuglera et m'assommera — je me réveillerai à tes côtés.

Le lendemain, je retournerai dans la cave et j'examinerai l'œuf rose sans oser le toucher. Je ne distinguerai nul fœtus en son sein : pas d'épine dorsale ou d'organes palpitants, rien qu'une surface parfaitement lisse, diaphane, lunaire. Les arcs brisés en bois torsadé délimitant le cercle dont l'œuf est le centre marquent chacun le départ ou l'arrivée d'un tunnel. Aucun indice sur leur destination ne troublera l'atmosphère exempte d'odeurs et de mouvements d'air. La seule lumière qui parvient en ce lieu semble provenir de la vasque qui luit suffisamment pour révéler les contours de l'œuf.

Alors que mon regard s'abîmera dans les variations laiteuses du rose, l'œuf explosera en un liquide noir et visqueux qui se répandra dans la vasque et coulera au sol, sous mes pieds, entre mes orteils. La vision floue d'une femme qui trône sur un siège de pierres vivantes qui l'enveloppe, rose comme l'œuf, m'apparaîtra une fraction de seconde. À mes pieds, le fluide se rassemblera en une immense serpente noire qui rampera jusqu'à moi, lente et imposante. Elle s'enroulera autour de mes chevilles, ses yeux seront de jais comme ses écailles, elle se hissera sur mes jambes, mon vagin sera la porte qui s'ouvre pour elle, elle s'insinuera en moi et je ne la sentirai pas, son corps ne sera ni froid, ni chaud, ni consistant, je basculerai la tête vers la voûte, elle sera moi et infinie et me traversera de part en part, elle glissera dans ma gorge dilatée et ressortira par ma bouche, sa langue bifide sifflera contre la mienne, son corps enduit de salive s'extirpera de moi et se divisera en quatre serpents mâles.

Sveltes, rapides, ombres, ils se dirigeront vers les extrémités de mes membres, un serpent par poignet et un par cheville, ils m'enserreront, nœuds coulants, bracelets mouvants qui teintent la peau de marbrures violacées, parures reptiles sur mon corps dressé en étoile, rien ne me ceinturera la taille, mes hanches seront libres de tout lien, les serpents remonteront vers mon visage, quatre veines mouvantes sur mon cou, la peau lisse de leur ventre ondulera sur les grains de la mienne (un frisson), ils seront une couronne sur mon crâne, dressés en couronne ils fusionneront de nouveau, et la serpente qui renaîtra de leur union rampera sur mon nez pour repasser à travers mon corps, de ma bouche à ma vulve elle glissera encore, ses ondoiements dans mon torse guideront la danse de mon ventre, j'ouvrirai les cuisses pour la laisser choir sur le sol. Quelques reptations jusqu'au sommet de la vasque et l'œuf réapparaîtra, reformé, inaltéré. Il se transformera en fontaine, l'eau qui en jaillira sera pure et, au sein de ce lieu sombre et enfoui, sa fraîcheur pulvérisée dans l'air me frappera.

L'eau coulera dans une rigole qui entoure le pied de la vasque, en rejoindra une seconde qui circule autour de la salle, se déversera dans une concavité qui la retiendra avant qu'elle ne file sous une arche et disparaisse. Contournant la vasque, je marcherai vers cette piscine et y plongerai. Je m'enfoncerai tout entière dans cette eau surnaturelle noircie par l'absence de lumière. La poussée d'Archimède sera abolie : je coulerai. Au-dessus de moi, la surface du puits disparaîtra.

J'émergerai au centre d'un grand lac à la surface duquel se reflète une kyrielle d'étoiles. Je le connais, car il est celui de mes rêves d'enfance. Sous ses eaux dormantes, le dôme d'une grande verrière abrite l'insouciance d'un éternel bal masqué, et les danseurs qui lèvent les yeux distinguent au-delà du verre les silhouettes sombres des brochets qui tournoient en silence parmi les milliers de rais glauques percés dans l'eau par les astres.

Autour du lac s'étend une prairie d'herbe grasse qui amortit les pas, tapis émeraude, humide de rosée. Une foule légère en tenue de soirée virevoltera, des cocktails à la main, riant aux éclats sous la voûte céleste. Le vent soulèvera et froissera les tissus, des chapeaux s'envoleront, le fracas d'un feu d'artifice recouvrira le brouhaha des voix, les étincelles rouges et vertes des fusées redessineront la carte du ciel. Quand elles retomberont et s'éteindront, le chant d'une flûte s'élèvera, aérien. La lisière d'un bois délimite la prairie, cercle rompu par un chemin qui s'enfonce entre des arbres majestueux, hêtres et chênes centenaires, voûtés, couturés, attendris par la mousse et le pépiement des passereaux. Entre leurs branches, le jour qui point teintera les ombres d'acajou et de vermillon et révélera au bout du chemin les tourelles d'un château pâle. Dans mon dos, le bourdonnement des voix deviendra rumeur, murmure, à peine un bruissement. Quand la flûte s'est-elle tue ? Sa mélodie cristalline a abandonné derrière elle quelques notes qui vibrent encore dans l'air. Je ne voudrai plus voir le château ni ses tourelles — rien ne me retiendra ici. Je plongerai, une nouvelle fois, et émergerai dans la cave. Ni l'œuf ni la serpente ne seront revenus, la fontaine coulera, un débit lent et lourd, comme retenu par la densité visqueuse de l'eau.

J'enjamberai la rigole qui encercle la cave, passerai sous l'un des arcs brisés et poserai le pied sur un épais manteau blanc. Le ciel se sera éclairci autour du presque-frêne, sa lumière déposera un rose poudré sur la neige. Posé sur l'une des branches les plus hautes de l'arbre, le chalet m'attendra. Je marcherai le long du tronc immense jusqu'à l'atteindre, ouvrirai la porte et traverserai la pièce jusqu'à la salle de bains. Dans l'eau de la baignoire, une femme bleuie dormira, ses cheveux blonds flotteront autour de son corps, je répugnerai à entrer dans la salle de bains ou dans la baignoire, j'aurai l'impression que je ne pourrai jamais franchir le seuil ni bouger un seul de mes membres, mais j'exhalerai et contraindrai tous mes muscles au mouvement, je franchirai le seuil, plongerai un pied puis l'autre dans l'eau tiède du bain refroidi et m'allongerai sur la femme. Elle m'enserrera dans ses bras froids — j'ouvrirai les yeux, expirerai.

Quand je sors du bain et te retrouve dans la pièce centrale, tu lis dans le grand fauteuil. Je ne sais jamais quelles parties de mes voyages et de mes plongées rapporter à la surface pour te les montrer. Je voudrais les déposer sur un autel comme des breloques, des charmes ou des ex-voto et te laisser les examiner. Je n'ai pas besoin de te dire à quel point les traversées m'épuisent, tu en lis sur mon corps les stigmates : étreintes de serpentes, ongles pâlis par le froid, poussières & cernes. Tu m'enveloppes dans un plaid rêche et m'assieds près du poêle.

Plus tard, quand survient le cœur de la nuit, que les lumières de la ville de l'autre côté de l'étroit golfe sont éteintes, que l'on ne distingue plus les arbres ni les montagnes, je te parle et ton silence, alors, est précieux. Les mots sortent de moi en hoquets, la vasque, la serpente, le chalet perché en haut du presque-frêne, et tu ne comprends pas tout parce que je mélange les mots et que les images, ces rêves qui surviennent au crépuscule ou à l'aurore, quand le jour et la nuit se fondent l'un dans l'autre et que l'on a du mal à les distinguer, quand mon corps se détend, que mon esprit divague, que je m'endors ou m'éveille, lorsque je paresse dans la baignoire ou que je fixe trop longtemps les flammes, ces rêves parlent une langue archaïque, une orchestration d'images et de sensations que les mots ne peuvent pas traduire. Ces plongées dans des mondes de déserts et de forêts, peuplés de créatures marines et de reptiles, me bouleversent et je n'arrive pas à expliquer en quoi.

Un torrent de larmes, des tremblements, le diaphragme qui spasme — je m'effondre dans tes bras, les jambes repliées en chien de fusil et la tête posée sur tes jambes croisées, tu t'adosses contre l'oreiller et poses une main sur mon dos et l'autre sur mes cheveux, je ne sais même pas pourquoi je pleure ni ce qui se délie en moi. Tu m'accueilles comme tu le peux, ma tristesse te désarçonne et trempe les draps, les mouchoirs en papier, tes jambes et ta poitrine, mes joues. J'ai l'impression que mes sanglots ouvrent une porte & brisent un sort, et que ce qui se déverse est la crue d'une rivière asséchée, une masse d'eau débordante qui charrie avec elle les déchets récoltés sur ses berges encombrées, qui arrache à son lit la boue et les épaves, et qui me traverse. Je m'agrippe à toi, et je ressens ton impuissance et ta détresse face à cette crue qui rompt les digues, je ne peux rien faire pour te soulager si ce n'est tenter de ralentir ma respiration, de réguler ce diaphragme qui tressaille, de répéter en boucle des phrases sans queue ni tête censées nous rassurer.

Ça va, ce n'est rien; c'est une rivière qui se lave; c'est une corde qui se dénoue; c'est le bond d'une sauterelle à l'aube, qui s'éloigne de la nuit et avance dans l'herbe humide vers l'odeur fraîche de la terre qui s'éveille; c'est le brouillard qui se lève, qui remonte les courbes des collines, s'accroche aux cimes qui l'engloutissent; ce sont les lavandes qui fleurissent devant les maisons et relâchent leur parfum qui m'apaise; ce sont mes fantômes qui téléphonent quand la lune est pleine; c'est un rade paumé à l'ouest et la barmaid qui passe l'éponge sur le zinc, et l'odeur du café réchauffé; ce sont mes *yeux plus bleus que les œufs des rouges-gorges*; ce sont les souvenirs qui se soulèvent en poussière & les diamants rouillés tombés au sol. Je suis la fontaine d'un jardin caché par les ronces et les aubépines, je m'écoule entre les lys et les roses, la margelle qui m'entoure porte les traces des oiseaux et le souvenir des amours passées, je me dissous et quelque chose se désagrège qui n'a peut-être jamais existé, une beauté pure, je suis possédée par la tristesse et je porte le deuil d'un moi que je ne connais pas et qui s'achève. Je pleure dans tes bras avec l'impression que rien ne peut arriver, que le temps n'existe plus, que le monde dehors a disparu dans la nuit, qu'il ne reste que nous deux et l'âtre, le lit, la lumière douce, la chaleur.

Quand je me calme, éreintée, le corps lessivé comme par une randonnée trop longue, que j'ai pleuré toutes les larmes de mon corps, tu me berces de mots, tes paroles comme des caresses, souffle et langue sur chaque parcelle de ma peau, pour refermer les béances, pour bénir, pour enflammer. Et quand enfin j'ai crié, expulsé le plaisir en séisme, je t'enserre entre mes bras, je danse avec tes mains, je plonge entre tes cuisses, j'explore ta moiteur et à ton tour tu rugis de plaisir et de joie. Côte à côte, joue contre joue, le souffle court. Des artères tressaillent dans nos cous et nos aines, nos mains posées sur nos ventres, une goutte de sueur coule de ton sternum à ton nombril, le mien luit, des perles humides et salées. Nous roulons sur le côté, nos yeux se reflètent en abyme : savons-nous qui de nous deux respire, est-ce ton souffle ou le mien sur mes lèvres, sur tes lèvres, à qui est cette peau qui frémit ? Nous nous observons en silence, les doigts glissent sur les grains de beauté et les cicatrices, parlent de calme, de douceur, de tendresse, de confiance.

J'ignorais avant ce long hiver qu'il est possible de vivre sans s'écorcher, d'être deux sans heurts ni drames. Le havre de nos corps m'a appris que nous pouvons être fauves sans nous déchiqueter, mélanger nos pelages et nos haleines sans nous battre pour nos territoires. Marcher flanc contre flanc, lécher nos blessures, sans nous confondre en l'autre. Être tribu sans pacte de sang ni serment d'allégeance, ni reddition. Cette traversée côte à côte de l'espace et du temps emprunte la courbure terrestre et disparaît derrière l'horizon — quelque part des fleurs de cistes froissées s'ouvrent à l'aurore, leur résine ambrée embaume les garrigues et leur sève résorbe les coupures. Nous avançons vers ce déploiement possible que je ne vois pas, qui échappe aux promesses, riches du savoir que nous sommes de nous deux le refuge.

Un matin avant l'aurore, après une nuit de neige qui a encore adouci les courbes du paysage, nous quittons le chalet dans la pénombre qui désature la forêt et la transforme en un décor de carte postale ancienne : des étendues blanches, et les troncs noirs dessinés au fusain. Nous avons emmagasiné la chaleur du foyer dans nos bonnets, nos gants et nos parkas ; seuls nos yeux, nos pommettes et nos nez sont exposés aux aiguilles perçantes de l'air. Nous marchons d'un pas vif, dans la hâte de retrouver le lac, de délester nos corps endormis du duvet qui les alanguit. Nous nous enfonçons dans les bois vers l'est, le sentier grimpe un peu, les semelles de nos bottes fourrées grincent dans la neige fraîche qui colle aux plis de nos pantalons. Tu sautilles pour donner une forme étrange à la ligne de tes empreintes, je ris et te lance une boule de neige qui s'écrase contre un sapin, cette fois c'est toi qui éclates de rire. Je tasse la poudreuse en boule entre mes mains et m'apprête à te viser de nouveau, mais tu protestes et t'enfuis en courant, et je te pourchasse sur quelques mètres, le bras levé. Le calme me frappe en plein élan. Un silence — je suspends mon geste : le soleil se lève. Il pourfend la forêt au ras du sol, traverse le désordre de troncs sans atteindre nos visages, et les gouttes d'or qui glissent du ciel tachent la neige. Sur le sentier, une flaque de lumière glisse et s'étire.

Nous reprenons la marche et adoptons un rythme plus doux, régulier, concentré, à l'affût des bruits et des mouvements, les corps débarrassés de la torpeur du réveil et du souvenir tiède du foyer. Quand nous atteignons le lac, le souffle haché par la pente et la difficulté de la marche dans la neige, le soleil a atteint son zénith, à peine plus haut que la crête des arbres, et illumine les cimes dentelées des bouleaux bleuis par le givre. Une épaisse couche de neige traversée par quelques lignes profondes d'empreintes qui se croisent recouvre le lac, et j'imagine que les grands mammifères contemplent les étoiles depuis le centre. Le ciel n'a jamais été aussi bleu depuis notre arrivée dans le Nord : un cyan franc qui devient glacier quand le regard descend et se dégrade en une aura rose quand il atteint les cimes. La neige masque les plaques de glace soulevées qui révèlent les berges. Tu avances sur le lac et t'agenouilles pour dessiner de grands cercles du plat de la main et dégager la neige qui masque la surface du lac. Les éclairs argentés des fissures consolidées qui lacèrent le bleu ardoise de la glace apparaissent autour de toi et je grave l'instant dans ma mémoire — le lac comme un désert lumineux au centre des bois, la ligne de tes empreintes qui mène au cercle sombre que tu as créé au milieu du blanc et toi, à genoux, seule tache de couleur, pivot autour duquel le lac gravite. J'accroche cette image quelque part entre les mots « foyer » et « éternité » : la couleur mouvante au centre d'un cercle qui croît, dans un blanc lui-même cerclé de l'ombre vivante des bois.

Le soleil va bientôt décliner et disparaître sous le couvert des arbres, mais pour l'instant les épicéas sont des pinceaux aux pointes trempées dans l'orangé et une feuille d'or se dépose sur ton visage quand tu te relèves. Quelque chose au creux de moi palpite, l'enfant de la beauté suspendue et de l'angoisse de l'éphémère, et je retiens mon souffle. Je ne sais pas quoi faire de la nostalgie qui altère toujours le sentiment océanique qui m'étreint et affecte ma joie d'être un instant consolée, comme si connaître l'impossibilité de choix du monde et éprouver alors la sensation de l'éternité, le sentiment d'union avec la beauté qui m'entoure, m'imprégnait du regret d'un futur que je ne connaîtrai pas. L'amour terrible que j'éprouve pour toi dépasse les limites de ma compréhension, transcende mes peurs et mes doutes, et abolit les incertitudes sur ma propre capacité à être. Et, quand dans la lumière or et rose du Nord, au centre de ton cercle de glace noire, tu me souris avec une tendresse infinie et que tes yeux s'illuminent, mes frayeurs se dissolvent et je respire à pleins poumons l'air gelé.

Je te rejoins au milieu du cercle dégagé. De là, nous voyons presque tout le lac, jusqu'à l'extrémité sud où de grands pans de glace ont été dégagés par les rafales qui accumulent la neige en congères à l'endroit où le lac se tord sur lui-même et disparaît dans les bois. En dehors du couvert des arbres, le vent souffle trop pour que l'on puisse contempler la vue longtemps, la température ressentie chute de plusieurs degrés et l'haleine gèle sur les écharpes. Nous embrassons la vue une dernière fois et faisons demi-tour, abandonnant derrière nous ton cercle et la ligne de pas qui le traverse, les pistes des cerfs et les bancs de neige soufflée, et nous bifurquons sur un sentier que nous n'avons jamais pris, une grande percée qui devrait regagner la route en amont du chalet. Les bois s'éclaircissent, des pins jeunes et frêles, un taillis épars, et le sentier gagne une piste forestière déchirée par de larges ornières creusées par le passage des engins de sylviculture dans le sol humide de l'automne. Dans une clairière, un abri en bois délaissé ressemble à une bergerie, mais nous ne savons pas quels animaux sont élevés dans la région. L'abri est bas, nous devons nous courber pour passer l'ouverture. À l'intérieur, quelques outils rouillés, une hache émoussée, une timbale en fer blanc. Dehors, une corde de bois se décompose contre le mur.

Après un virage, la piste s'élargit et atteint une ferme — plusieurs bâtiments éparpillés autour d'une cour, une maison massive accolée à quelques appentis, une grange, une remise, des façades en bois peint qui tranchent sur la neige. La route doit passer à proximité de la ferme et nous nous relâchons à l'idée réconfortante que la chaleur du foyer approche. Une clôture en bois bien entretenue jouxte la piste : certaines planches en pin sont encore jaune vif et le reflet métallique de clous neufs luit dans le jour qui baisse. Deux juments alezanes se sont avancées à notre approche. À l'angle de la prairie, les restes d'un tas de foin jonchent la neige fondue et piétinée. Les juments nous observent, les oreilles tournées vers nous, attentives. La plus claire semble plus âgée que l'autre, qui a passé la tête au-dessus de la barrière, tend le menton vers nous et se laisse flatter. Je lui caresse l'encolure et les joues, mais elle préfère ta main ouverte dans laquelle elle cherche de ses lèvres humides une friandise.

Lorsque la jument en retrait lève la tête et hennit doucement en agitant la queue, la jeune recule pour la rejoindre et je tourne les yeux dans la même direction que leurs oreilles. Une femme marche vers nous, emmitouflée dans une parka kaki, un bonnet coloré enfoncé jusqu'aux sourcils, une tresse grise qui lui bat les hanches. Une fourche à la main, une cigarette allumée dans l'autre. Elle a dû nous voir depuis longtemps. Elle nous salue d'un signe de tête, s'approche des juments et leur murmure une mélopée dont nous ne comprenons pas les mots, puis nous regarde, les yeux mi-clos.

— Nous arrivons du lac, dis-je pour la contenance en pointant le nord-est.

— C'est vous qui occupez le chalet en aval ?

Tu acquiesces, elle n'ajoute rien, fume en silence. Son anglais est limpide, presque dénué d'accent. Nous restons gauches, les mains dans les poches, sans savoir quoi ajouter. L'immobilité nous refroidit, je me balance d'une jambe à l'autre, remuant les orteils à l'intérieur de mes bottes pour raviver la circulation.

— Vous êtes en train de geler sur place, constate-t-elle. Si vous m'aidiez avec les chevaux, cela vous réchaufferait.

Elle me tend la fourche, nous tourne le dos et se dirige vers un des appentis. Nous échangeons un regard et la rejoignons alors qu'elle tire le pêne et nous indique une botte de foin. Je ne sais pas pourquoi nous acceptons sans un mot sa demande, si ce n'est que quelque chose dans sa voix, une douceur qui contraste avec la fourche et la parka kaki, une absence de fêlure dans les intonations, nous amadoue et nous tranquillise comme les juments.

— Trois ou quatre grosses fourchées iront bien. Pour l'abreuvoir, la hache est là.

Tu brises à grands coups la surface de l'eau pendant que je m'escrime à déplacer le foin et à le jeter au sol, ralentie par la crainte d'un mouvement brusque des juments à l'instant où je lance d'un coup de bassin la fourche chargée par-dessus mon épaule. Entre mon premier et mon deuxième aller-retour, la femme éteint sa cigarette, range le mégot dans sa poche et entre dans l'enclos avec un seau de grain pour tenir les juments à l'écart de mes gestes maladroits. Elle appuie son épaule sur le flanc de la plus âgée, puis colle son front sur l'encolure de la seconde. Dans l'air froid, les volutes de vapeur de leurs trois souffles mêlés givrent et retombent sur le col en fourrure synthétique de sa parka en un millier de cristaux. La tâche achevée, nous rangeons avec soin les outils. Mes jambes m'élancent : moins de deux heures de marche dans la neige collante et le froid, mais chaque effort, ici, est triplé par les conditions météorologiques. Tout mon corps est raide, alourdi ; la souplesse et la fluidité de l'été, recroquevillées quelque part au centre de moi, attendent d'être réchauffées par le soleil pour se déployer.

La femme sort de l'enclos avec le seau vide, referme avec soin la clôture et nous tend la main.

— Andrea.

Un sourire franc étire ses pommettes.

— Merci pour le coup de main. J'ai glissé sur une plaque de glace la semaine dernière, mes lombaires me le rappellent dès que je m'approche du foin. Entrez dans la maison, je vais vous préparer une boisson chaude. Des biscuits refroidissent dans le four, vous ne pouvez pas refuser.

Tu regardes en direction du soleil qui a presque disparu puis de la route que l'on distingue de l'autre côté de la ferme, et je resserre le col de ma parka. Nous ne craignons pas de marcher dans l'obscurité quand le ciel est dégagé comme aujourd'hui, car la lueur de la lune souligne les sentiers enneigés, mais nous sommes dehors depuis plus de deux heures et la nuit glaciale qui arrive nous refroidira trop vite si nous nous attardons.

— Le pick-up est dans la remise. Je vous ramènerai, j'ai besoin d'aller en ville.

— Je n'ai rien contre un thé, s'il y a un pick-up dans la remise, déclares-tu.

— Ni moi contre un radiateur où sécher cette écharpe.

Elle s'esclaffe, et nous lui emboîtons le pas. Nous nous débarrassons de nos vêtements et de nos bottes dans un vestibule et je réalise que je ne savais pas à quel point j'avais froid avant qu'Andrea ouvre la porte. La chaleur nous assaille, une vague qui brûle les joues, gagne les épaules, descend dans le ventre puis les mains. Je vacille, plantée entre le vestibule et la pièce dans laquelle Andrea nous invite à entrer, étourdie par cette chaleur qui me coule dans le corps. Tu m'embrasses la joue et me pousses doucement du plat de la main vers l'intérieur. Nous entrons dans une cuisine spacieuse, et cela sent bon le sucre, le beurre et la cannelle, avec quelques notes de bois coupé et de savon noir. Tout semble parfaitement à sa place : les sphères lumineuses suspendues au centre des fenêtres, les plantes vertes éclairées par des leds pour contrer la nuit permanente, les rangées de boîtes en fer-blanc au-dessus de la hotte, le buffet ancien, les coussins brodés sur les chaises, la huche à pain sur laquelle dort en rond une chatte blanche qui ne daigne pas ouvrir l'œil. Andrea, manches retroussées sur des avant-bras musclés et veineux, les mains enfournées dans des maniques écarlates, sort les biscuits et verse de l'eau frémissante dans une théière.

Dès qu'elle s'assied, la chatte s'étire et saute sur ses genoux, où elle s'enroule et feint de se rendormir. Andrea nous pose quelques questions anodines sur le chalet, et sa délicatesse n'effleure rien d'intime. N'avons-nous pas trop froid, avons-nous vu les bernaches quitter le Nord ? Et nous parlons d'oiseaux, des grèbes et des canards siffleurs qui passent l'hiver à l'abri du golfe, des eiders et des plongeons à bec blanc que l'on aperçoit si rarement que l'on s'en souvient, des grimpereaux et des pics qui se dissimulent dans les failles des troncs. Elle raconte les mésanges charbonnières qui volettent autour d'elle quand elle recharge la mangeoire, les empreintes d'élan trouvées devant son seuil hier matin, le hurlement des loups à l'heure bleue cet automne, plus haut dans les collines. Le calme des bois la nuit, quand la neige absorbe les bruits, que les promeneurs sont rares, que l'obscurité recouvre tout. Elle parle peu, attentive à nos enthousiasmes. Dehors, le soleil a été absorbé par l'horizon et la lumière a disparu. La chatte blanche a quitté ses genoux et observe la nuit à travers la fenêtre, immobile. L'après-midi s'est installée sans que nous la remarquions, il ne reste plus qu'un seul biscuit à la cannelle sur l'assiette fleurie, la théière est vide. Le silence nous gagne.

Dans le pick-up, nous parlons à peine. Andrea roule avec prudence sur la route qui n'est pas salée, sur le bas-côté les arbres sont un rideau gris qui défile dans la lumière des phares. Une vague de froid a déferlé sur la nuit, il a fallu brancher le chauffe-moteur un moment avant de démarrer le pick-up. Au loin, le lac craque, un coup de tonnerre qui se répercute sur le tronc des arbres. La glace se solidifie, gagne en épaisseur. Plus le lac gronde, plus il sera solide. Andrea s'engage sur le chemin qui conduit jusqu'au chalet pour nous épargner la marche, et après qu'elle a fait demi-tour, nous observons depuis le porche les phares rouges qui s'éloignent — deux traces rectilignes les suivent, des parallèles grises entre les verticales des mélèzes et des épicéas. Les points rouges s'estompent et disparaissent, le bruit du moteur ronfle encore quelques secondes puis se tait, et le cercle que cette rencontre a ouvert se referme autour du chalet.

Plus tard, quand la fin de l'après-midi et la soirée se sont enroulées sur elles-mêmes comme les renards dans leurs tanières, tu m'embrasses et marches vers le lit. Lovée dans un des fauteuils, je regarde le feu. Les flammes m'absorbent — une danse, des silhouettes anthracite aux ombres jaunes, des mouvements lascifs répétés. Tu sais que je te rejoindrai plus tard, que je me glisserai contre ton sommeil ; tu entrouvriras les yeux, me tendras tes lèvres puis retomberas dans les profondeurs de tes rêves.

Je pense à Andrea, au naturel de son accueil, à la musicalité de sa voix qui fait baisser la garde. Elle m'évoque ces souches d'arbres aux formes étranges et complexes, déposées par les vagues sur la plage et toutes les années qu'il a fallu à la mer pour les polir, les poncer, les transformer en œuvres d'art naturelles. La solidité du bois a été éprouvée, les échardes ont disparu, mais il ne faut pas confondre la douceur lissée de leur surface avec de la simplicité : on sent le réseau de veines, les cernes de croissance qui seraient visibles en coupe. Avec son patchwork de tatouages vieillis, les rides fines qui creusent son visage, sa voix qui a vécu, son existence dans ce territoire hostile, Andrea dégage une beauté brute, dont la stabilité peut effrayer qui se sent fragile.

Nous n'avons vu que peu d'humains depuis que nous habitons le chalet de Sacha — nos rencontres se limitent à nos quelques sorties en ville, à la librairie et au coffeehouse, à tes excursions à l'épicerie, et cette retraite hivernale a parfois pour moi quelque chose d'un repli, d'une rétractation. Pourtant, je sais que nous ne devons pas exister, toi et moi, en système clos. Quand il gèle à pierre fendre, que le lac gronde et que le bois craque, nous avons besoin de célébrer la lumière autour d'un thé partagé, d'ouvrir notre foyer et notre intimité comme l'on fend une noix pour la libérer de sa coque. Nous vivons dans un conte, comme si un sort entourait le chalet et le protégeait des intrusions, nous isolait, nous laissait dormir comme des gisants. Andrea est celle qui sait vivre ici. Elle a rompu un sort et ouvert une brèche. (Quelque part sur la montagne, la neige qui masquait une crevasse s'effondre.)

Quelques jours après que nous avons rencontré Andrea, nous retournons marcher dans la nuit, sur la bande de terre qui sépare le golfe de la forêt. Le ciel verdoie et danse au-dessus des cimes, des cascades translucides qui ondulent, qui ouvrent et referment des cercles pour capturer des pans de la voûte céleste. De l'autre côté du golfe, au-dessus de la ville, quelques fusées lumineuses éclatent dans le ciel, comme une réponse fugace aux aurores. Le bruit de leurs explosions effraie les oiseaux dont les cris affolés se fracassent sur les roches et ricochent sur les plaques de glace soulevées par les vagues noires. Le froid est terrifiant : l'air gèle dans mes poumons, mes larmes cassent et ma cornée brûle. Boire un verre d'eau-de-vie avant d'affronter la nuit était une mauvaise idée : avec la dilatation de mes vaisseaux sanguins, le froid pénètre plus facilement dans mon corps. Mes ovaires deviennent glaçons, des aiguilles les transpercent; le froid gagne l'aine, le ventre, et ressemble à une fièvre. J'ai du mal à marcher.

Tu me raccompagnes au chalet, une main posée sur le bas de mon dos, et à peine la porte franchie, les crampes me saisissent, la douleur devient un tremblement de tout le corps. Les aiguilles ne cessent de me transpercer de toutes parts, de l'aine au pubis, des reins au ventre, elles sont des monstres chauffés à blanc qui me déchirent les muscles. Tu m'allonges sur le lit et me prépares une bouillotte, mais la chaleur se diffuse mal dans mes cuisses et mes ovaires ; me coller contre ton corps serait un soulagement, mais j'ai du mal à supporter le contact et tourne dans tous les sens pour trouver une position supportable, sur le dos, les jambes pliées, écartées, hanches ouvertes. Boire de l'eau est une blessure, un frisson nécessaire. Tu me sers des décoctions de gingembre et de citron, et je n'arrive pas à te remercier autrement que par des grognements d'ourse. Ta patience et ta douceur à mon égard m'émerveillent. Je me sens nue, incapable de donner, de faire autre chose que recevoir tes attentions. Être démunie me trouble et m'inquiète, je sens que ma douleur t'affecte, je crains de t'épuiser, les peurs anciennes remontent.

Pendant quatre jours, la fièvre et les règles me brûlent les reins. Ce sont des journées molles pendant lesquelles mes paupières et ma tête sont lourdes, mes pensées ralenties. Les crampes s'espacent, mais tous mes membres sont courbaturés, engourdis. Entre deux vagues, vidée de toute volonté, je laisse le feu m'hypnotiser et la faërie me dévore. Je me vois allumer un cierge, puis un encensoir qui remplira la pièce de benjoin. Le voile capiteux qui s'en échappera masquera de sa nébuleuse le tableau sur lequel tu travailles, les formes et les couleurs s'estomperont et se fondront dans la fumée, elles oscilleront et onduleront avec le brouillard que je lèverai et qui m'enveloppera. Bien que je ne les distinguerai plus qu'à peine, il me semblera qu'elles s'animent : les routes s'empliront d'un vent doux et sinueront entre des collines auxquelles elles n'étaient pas destinées, la lune se lèvera et baignera d'un halo cuivré les croisées des chemins dans les forêts douteuses, le jour que tu as peint glissera dans une nuit brumeuse où résonneront les grondements des chiens sauvages.

Comme le tableau, j'aspirerai la fumée et la recracherai par les naseaux. Puis, je pencherai la tête sur mon épaule que je lécherai pour retenir le nom de la douceur, et m'approcherai de la fenêtre. Quand je l'ouvrirai en grand, les lambeaux de rideaux qui onduleront dans le souffle de la nuit seront des ailes blessées qui battront dans mon dos — je m'y arracherai en enjambant le garde-fou. L'herbe humide amortira mes pas. Je marcherai vers une mare. La menthe d'eau et la camomille que ma foulée écrasera mêleront leurs odeurs fraîches et amères à celle de la boue sombre qui s'immiscera entre mes orteils. Au loin, un animal jappera, un autre sifflera, un troisième gémira. La brise sera retombée, et dans mon dos les rideaux immobiles formeront désormais deux tours grises. Je m'agenouillerai sur la rive, parmi les iris pâles et les joncs. L'eau aura un goût âpre, d'humus, de mousse, de cresson. La boue se collera sur mes tibias, mes talons noircis laisseront des traces arrondies sur mes fesses. La lune immobile ne gonflera pas les eaux. J'observerai. Sous la surface, une écrevisse rampera. Tes mains noires de boue ne glisseront pas sur mon torse. La lueur de la lune sera trop pâle pour que je contemple mon reflet. Je ne me retournerai pas pour attraper tes hanches étroites et y coller mon front. Des filaments cotonneux de brume s'accrocheront dans les joncs et les branches les plus basses des arbres. Quelques racines noueuses plongeront dans la mare. Le bruit de tes pas dans mon dos sera une illusion. Le souffle rauque sur mon épaule n'existera pas. Sur ma langue, l'eau laissera un léger dépôt huileux. Je ne plongerai pas dans la mare comme dans le lac souterrain : de ma main en coupe, j'aspergerai mon corps pour laver ma fièvre et les frissons me glisseront des reins pour se noyer dans l'eau sombre.

J'entendrai grincer dans le vent les cimes. Les chiens gronderont. La fumée de l'encensoir s'échappera toujours de la fenêtre ouverte. Quelque part dans le chalet, tu dormiras paisiblement. Lorsque je reviendrai à l'intérieur, toute la fumée se sera dissipée et ton tableau ne bougera plus. Une nouvelle route traversera les collines et le ciel se sera obscurci.

Je te rejoins sous les draps. Je ne répands pas de sang sur la neige, je ne songe pas aux gouttes rouges sur le blanc, le contraste de l'écarlate avec la faïence ne m'évoque pas le rose de tes pommettes au milieu de ta peau pâlie — fadaises : le sang est une matière poisseuse qui colle aux doigts et aux sous-vêtements, qui sort par à-coups avant de couler trop vite, c'est un arroyo en crue, qui me dessine des cernes et me creuse les joues. Nous nous blottissons, en attendant que cela passe. Cela passe toujours, les fièvres, les saignements menstruels, le froid.

Après ma fièvre, nous avons appris à ne plus sortir dans l'obscurité : dans une économie de mouvements, nous patientons, martres qui espèrent le printemps pelotonnées sous les ronciers. Mais depuis que j'ai trouvé la clairière du presque-frêne, le jour gagne sur la nuit et, à chaque extrémité de la journée, la lumière porte quelques minutes plus loin. Le changement, au début, était à peine perceptible, une légère dilatation du temps. Malgré nous, nos marches se sont allongées et ont grignoté sur la pénombre de l'après-midi. Puis, un matin, alors que tu t'étirais sur la terrasse, le soleil qui perçait à travers les troncs a enveloppé d'un halo doré l'arc de ton corps tendu et j'ai ri de le voir surgir avant midi.

La neige ne fondra pas avant des mois : elle avale toutes les couleurs, en couches épaisses et tendres qui font ployer les branches. L'air ne se réchauffe pas, mais la lumière éveille les oiseaux et, derrière les fenêtres, les taches rouges et jaunes des mésanges charbonnières et des rouges-gorges virevoltent sur le blanc. Chaque jour, avant mon réveil, tu disposes dans une coupelle pendue à une branche basse les miettes de la veille et une poignée des graines que nous avons achetées pour eux à l'image d'Andrea. Les pies et les corneilles mantelées disputent aux écureuils les cimes les plus hautes et leur charivari attire les regards : jacassement, croassement, battements d'ailes, bonds agiles, courses funambules, qui dérangent le silence et soulagent les branches de leurs fardeaux de neige.

Mes carnets s'allègent et se concentrent sur la lumière, les sensations, la brûlure du froid. Le blanc y prend de plus en plus de place — celui qui recouvre encore le paysage, celui des syncopes dans mes journées, celui qui entoure chaque rêve. Celui qui entoure le cercle de glace noire où tu as balayé la neige est un œil qui me dévisage, sa pupille se dilate comme un univers en expansion. Je ne comprends pas encore ce que l'œil me montre, mais je sens que la fièvre a calmé quelque chose, qu'elle a lessivé le trop-plein de sensations qui mène à l'évanouissement. La tension qui me pousse à tout consigner quitte parfois mes épaules, et je passe quelques jours sans chercher à mettre en mots, sans moissonner ni engranger les images qui hantent mes limbes.

Depuis l'obscurité quasi permanente vers l'équilibre entre le jour et la nuit, le chemin sinue doucement. Je compte les jours et note les signes : la branche la plus haute atteinte par le soleil à midi, la pigmentation azurée plus franche du ciel entre deux dissolutions dans l'or des aurores et des crépuscules, l'heure plus tardive à laquelle j'allume les lumières l'après-midi. Le soleil ne traverse toujours pas la fenêtre pour venir frapper nos visages, les livres ouverts sur la table ou la vaisselle qui s'empile. Il ne surplombera pas avant quelques mois la cime des épicéas et, lorsque j'observe le bleu entre les branches enneigées, je ferme les yeux et crois me souvenir de ce que peut être un printemps : une alternance d'ombres et de lumières, soudain les branches ploient, un grand mouvement, le mûrier effleure l'acacia, une secousse puis tout se ressaisit, des nuées jaunes traversent les airs, les chatons crachent leurs spores dans le matin et l'on croit voir un souffle ou un fantôme — à l'angle de la fenêtre, la toile d'araignée déchirée n'attire que la poussière.

Ici, le jour qui croît n'annonce pas le dégel, les saisons se dilatent et se chevauchent, mes repères sont inutiles, inadaptés. J'ai l'impression de devoir tout réapprendre. Il me faudrait des années pour habituer mon corps à ce territoire de golfes étroits et profonds, de forêts immenses, de rivières et de montagnes, pour intégrer le réseau d'interactions qui le parcourt, pour parvenir à respirer au rythme lent des longues nuits puis des jours sans fin qui les suivent, pour être de ce monde et pas de cet ailleurs qui dicte encore ses cycles à mon sommeil, à ma peau, aux cillements de mes yeux.

L'atmosphère feutrée par la blancheur a le goût des choses nouvelles, elle m'enveloppe d'une étrangeté ouatée difficile à appréhender — j'ai l'impression que l'hiver efface les souvenirs. Des îlots émergés demeurent, mais il manque les phrases, l'inflexion des voix, les coïncidences que je n'ai pas relevées. La chaleur du sable l'après-midi quand il brûle la plante des pieds, la fraîcheur de la mer, l'ombre des tamaris. Quand j'essaie de convoquer ce qui est lointain, quand je cherche à consigner, ce sont toujours les tamaris qui apparaissent, une obsession de tamaris qui déborde sur les autres images.

Les tamaris sont la clef qui me permettrait de lutter contre cet effacement. Leurs fouillis vert-de-gris, le sel qui suinte des feuilles, le blanc des troncs chaulés, les fleurs roses du printemps dépenaillées par l'été — des lignes plantées le long des plages sur des parkings en sable dur et sale, des désordres le long des arroyos que je longe pour trouver l'ombre où m'étendre quelques heures, vers les prairies sèches d'achillées, de thym et d'immortelles, où les caroubiers étendent leurs branches d'où pendent de longues gousses cuivrées. Les tamaris convoquent l'été et le mouvement, leur chant ressuscite les fragments qui ont coulé.

Je les ai écoutés dans la longue nuit me parler des cigales et des couleuvres, de cette route familière vers l'intérieur des terres : un palmier solitaire sur la droite et, de l'autre côté de la chaussée étroite, les lignes noires du réseau électrique, les poteaux inclinés, des montagnes couvertes de nuages blancs à l'horizon, au-dessus des nuages l'azur à perte de vue, les virages masquent la fuite de la route, l'asphalte craquelé, réparé par des plaques noirâtres qui tachent l'ancien bitume gris, les champs d'olivier en face des orangers, puis la terre se dénude, les montagnes se rapprochent, les lignes électriques se multiplient, trois parallèles au lieu d'une droite, quelques réverbères éteints à un carrefour, la promesse de retrouver la mer après les collines, loin des villes, là où les sommets limitent la vue à son étendue bleue. Mais la route s'est estompée, elle m'a emmenée vers le désert et le lac puis elle s'est couverte de glace et l'obscurité l'a engloutie.

L'archipel des réminiscences gagnerait en substance si je l'invoquais, les îlots évolueraient en souvenirs revécus, hallucinés, sentis, goûtés. L'idée d'une mémoire-kaléidoscope n'est pas exacte : les images n'existent pas en une quantité finie réagencée à l'infini, elles explosent quand on se penche sur elles, quand on observe chaque détail, chaque poussière, chaque fragrance — comme mon corps, ma mémoire est fractale, en expansion constante. Je pourrais repousser ses limites, réveiller les feuilles de laurier rose et la danse des saules dans le vent, les cris des aigles royaux, le vol des pélicans, les ballotes pâles qui grimpent sur les pierres des talus, l'odeur de la sauge qui brûle, le gras des beignets au fromage, la texture du sable brun, le bruit d'un scooter qui gronde en grimpant les lacets, le fracas des remorques qui relâchent les zodiacs sur la jetée, la chaise en plastique du pompiste las qui mange une glace en écoutant la musique pop crachée par la station et me salue d'un signe de tête. Ces fragments recomposés, assemblés, superposés, ces espaces de la mémoire peuplés d'oiseaux, de chiens, de tortues, ces paysages où l'on ne croise que peu d'humains, même dans les villes éparses, seraient traversés d'histoires et de fantômes qu'aucune trajectoire ne réunit sur une seule ligne, éclair ou fulgurance.

Je pourrais m'immerger des heures, une plongée à l'intérieur du kinétoscope mémoriel, dans un monde qui m'englobe comme je le contiens, habitante et démiurge. Mais je préfère réserver l'apnée à l'inconnu qui m'habite, aux explorations des abysses et des fantasmagories et, dans les bois figés par la neige qu'illuminent les couleurs cuivrées du jour qui revient, mes pensées se dirigent vers les corps dont les années ont toujours été divisées en deux entre jour et nuit, vers les liens ancestraux qui les relient à la forêt boréale, aux grèves, aux montagnes, aux automnes et aux printemps si courts que l'hiver semble plus long qu'ailleurs — toutes les nuances de frimas, une succession de chutes de neige, d'un équinoxe à un autre, le blanc, un dégradé de lumières entre deux obscurités.

Malgré leur nombre réduit, les humains d'ici ont remplacé par la fluidité de leurs présences discrètes les traits et les voix de ceux de la lagune des lucioles et des rivages méridionaux de mon été. Sans que nous nous liions à ces vies que nous croisons, sans que nous nourrissions ces relations pour qu'elles s'intensifient, leur présence devient indispensable : des frôlements, qui me confirment que nous appartenons au monde, la sensation chaude et diffuse qu'une communauté de vivants existe autour de nous, une toile distendue de points reliés par le même hiver, les lumières douces derrière les fenêtres, les vagues du golfe, quelques routes départementales, le passage régulier du chasse-neige.

Leurs existences me peuplent plus qu'elles me hantent. Parmi elles, celles du bus : quelques lycéennes assises en quinconce, un casque vissé sur les oreilles, le regard perdu quelque part dans la forêt, et la conductrice que nous obligeons à freiner longtemps en avance pour ne pas déraper sur la route qui n'est pas salée. Lorsque j'imagine élever la voix pour saluer quelqu'un, j'entends la vivacité de son « bonjour ! » et je revois ses mitaines bigarrées, son sourire large et franc. Avec son image revivent la bouffée de chaleur qui me saisit quand nous entrons avec nos parkas soudain encombrantes et superflues, le bruit du composteur quand j'y introduis nos tickets, l'odeur de lessive des sièges peu utilisés, et les rêveries qui m'habitent sur le trajet : à quoi pense toute la journée cette femme au volant, lorsqu'elle circule en boucles d'une heure entre la ville de l'autre côté du golfe et le village côtier que nous ne connaissons pas, après la forêt ? Note-t-elle chaque automne la disparition des lycéennes après leur départ vers une région moins reculée et l'arrivée de nouvelles qui entrent au lycée de la ville, observe-t-elle la moindre modification dans le paysage, un registre mental des variations saisonnières, des dates de migration des oiseaux du golfe, de chaque renard qu'elle croise au bord de la route ? Ses pensées s'étendent-elles pour atteindre l'horizon quand elle nous fait traverser le pont, que la vue échappe aux montagnes et s'ouvre quelques secondes jusqu'à la mer ?

En même temps que les existences du bus, c'est le serveur du coffeehouse qui surgit, celui qui rajoute une double dose de crème sur nos lattes depuis que tu lui as offert son portrait, croqué une après-midi. Sur le dessin, son visage est penché sur la boisson qu'il prépare, ses mains sont légères, en mouvement derrière le comptoir. Le jour du dessin, j'étais restée au chalet, je ne sais plus si j'écrivais ou si je marchais, je dormais peut-être. Tu voulais faire quelques achats, la pharmacie était fermée et tu le lui avais dit d'un air si dépité qu'il t'avait donné une boîte d'anti-inflammatoires. Quand tu lui as demandé si elle n'allait pas lui manquer, il t'a répondu très vite qu'il en avait d'autres chez lui pour ses douleurs chroniques, puis il a détourné le regard et s'est dirigé vers une autre table.

Et puis il y a Andrea, le nœud le plus visible de cette toile qui nous relie au monde. Je pense sans cesse à elle et à la ferme en bois en contrebas du lac. Je ne sais pas, je n'ai pas demandé qui elle est ni depuis quand elle vit là, si le pays l'a avalée ou si elle y est arrivée après une longue vie. A-t-elle vu, enfant, sur les plages où l'on se tait, *les ours qui viennent lécher les méduses*, s'est-elle échouée sur le sable après une tempête ?

Quand elle a déversé de sa voix de fumeuse un flot de paroles à l'oreille des grandes animales qui pressaient leur chanfrein entre ses seins, alors que ses mains couraient sur leur encolure luisante en des gestes fluides, précis, généreux, elle a sans le savoir créé un espace où se sont engouffrés d'autres humains. Depuis, je ressens de plus en plus la nécessité de croiser les regards, de ne pas m'enfermer dans un périmètre hivernal où n'existeraient que nous deux. J'ai plus de mal que toi à sortir de ce cercle, mais je ressens le besoin d'intégrer un ensemble plus vaste de corps et d'existences.

Nous n'avons plus marché, ni toi ni moi, jusqu'à sa ferme en bois, mais Andrea est passée plusieurs fois à l'occasion de ses expéditions en ville. Nous entendons le bruit du moteur qui tourne à l'arrêt longtemps avant de la voir. L'épaisseur de neige est telle qu'elle se gare maintenant à l'entrée du chemin et parcourt le demi-mille à pied — nous n'avons rien pour déneiger. Elle arrive toujours à l'improviste, ne reste pas longtemps, nous demande si nous voulons qu'elle nous dépose en ville ou nous apporte la moitié d'un gratin de légumes, prétextant qu'elle a trop cuisiné et qu'elle ne pourra pas tout manger, comme si nous ignorions qu'elle avait un congélateur. Elle nous apprivoise, garde ses distances, respecte notre volonté manifeste de calme et lorsqu'elle nous offre de la nourriture, je me sens comme un raton laveur auquel on dépose une gamelle de croquettes sur la galerie, que l'on prend soin de ne pas approcher, mais qui décide de lui-même de rôder plus souvent derrière la maison. Sa voix lorsqu'elle me parle est la même que celle qu'elle emploie avec les juments, celle d'une mère qui enveloppe ses enfants de mots, avec économie : assez pour créer l'aise et la confiance, sans que l'importance du silence soit oubliée.

Mais je n'oublie pas que je ne suis pas sauvage — le sauvage réside au cœur des forêts et sur les contreforts des montagnes, il est ce qui m'échappe, ce que je n'approche pas de près, mais dont l'existence me conforte, ce qui arpente le seuil de mes rêves et ne se laisse apercevoir que dans la liminalité des haies & des orées, au crépuscule ou à l'aurore, quand les yeux se dessillent, que la conscience s'endort, que les portes entrouvertes laissent passer les courants d'air. Il est ce qui grogne et rugit, ce qui hante les cavernes et les interstices, ce qui ondoie dans les profondeurs glaciales, ce qui empoisonne ou guérit, ce que je ne cueille ou dont je ne ramasse les fragments qu'avec humilité, ce qui doit être réveillé.

Je t'accompagne plus souvent en ville maintenant que le jour la révèle : à ta suite, je grimpe dans le pick-up d'Andrea quand elle nous propose de nous emmener de l'autre côté du golfe et m'assieds entre toi et la portière, nos cuisses collées, ma tempe contre la vitre qui se recouvre de buée dès que l'on monte. Vous discutez de la météo, de la lumière qui insiste pour s'installer, du grand froid qui se maintient, des martres et des lièvres que tes pinceaux capturent, des pics épeiches qui nous narguent dans les mélèzes, leur tambourinage moqueur au-dessus de nos têtes, la tache rouge de leur nuque qui volette d'un tronc à l'autre; et vos voix me bercent. Les yeux mi-clos, je laisse le paysage défiler sans tenter de le graver : il me reste les flous, la masse des arbres, les bancs de neige sale et durcie repoussée sur les bas-côtés par les chasse-neige, mêlée aux graviers répandus sur la chaussée dès que l'on approche de la ville. Je m'oublie dans les repères qui jalonnent le trajet, la ligne de chemin de fer parallèle à la route côté montagne, les alignements de sapins et d'épicéas qui nous séparent du golfe et les éclats marins que je glane entre leurs troncs, les grumes entassées devant la scierie, les néons de la station-service sur le port avant la bifurcation vers le centre-ville où Andrea nous dépose.

Tu t'installes à l'une des tables du coffeehouse pour brancher ton ordinateur et j'observe un instant à travers la vitrine ta tête penchée vers l'écran. Sur le gobelet en carton, ta main cache ton prénom griffonné au feutre. Je te rejoindrai quand le soleil baissera : il me reste quelques heures pour arpenter les rues et poursuivre les jeux de lumière sur les vitres et le rouge des façades en briques. Lorsque j'atteins le port, la brise qui me refroidit les joues apporte les cris des canards siffleurs qui fouissent la vase, le cliquetis des chaînes, le vrombissement des moteurs de voitures sur le pont en amont.

Je tente de repérer le chalet de l'autre côté du golfe, mais la ligne de bouleaux le dissimule au regard — il faudrait que le soleil frappe l'une de ses fenêtres pour l'entrapercevoir l'espace d'une seconde, un éclair cuivré entre les troncs blancs sur neige. J'imagine le vide qui s'en empare quand nous le laissons derrière nous, la réalité concrète de notre absence. Le poêle froid, le silence rompu par le grincement du bois qui se contracte ou la course d'un écureuil sur le toit, et tous ces signes qui nous désignent, une tasse de thé oubliée avant de partir, sa faïence tachée de marron par les tanins, un pull qui traîne sur le dossier du fauteuil, des chaussures sur le paillasson, tes cheveux fins enroulés sur la brosse qui attend sur la table à côté de la tasse.

Le golfe semble si étroit que je tends la main devant les yeux pour attraper le chalet : de mes doigts, j'écarte les bouleaux pour saisir entre le pouce et l'index notre maison de poupée, attentive à ne pas la broyer ou la renverser. Je place mon œil droit devant la fenêtre pour vérifier que rien ne bouge, qu'aucun gnome ne déplace nos trésors essaimés sur les étagères — plumes, écorces, quelques pièces, un galet blanc. Mais le chalet s'éloigne de moi, happé par la forêt et ses mystères, et la rive d'en face recule vers un point de fuite flou. Ma main tendue reste en suspens au-dessus d'un clapot de glaces, des blocs gris perle secoués par les vagues : l'absence ne veut pas être saisie, ma volonté ne tord pas plus le paysage qu'elle n'abolit les distances.

Lorsque je te rejoins dans le coffeehouse, j'essaie de te dire le vide que je n'ai pas contemplé, notre propre disparition de ce monde miniature contenu par le chalet, l'empreinte que nous laissons, le creux de nos corps sur le matelas, la multiplication des signes dans notre sillage. Tu m'écoutes, le dos appuyé contre la banquette, les yeux plissés par ton sourire léger et la concentration, et tu me remémores ce que tu as voulu saisir cet hiver en collectionnant sur pellicule les traces dans la neige : ce qui s'inscrit en creux, ce qui nous échappe, mais dont l'existence peut accompagner la nôtre, s'y superposer, malgré son invisibilité et nos temporalités qui diffèrent. Tu voudrais apprendre à tisser avec cette absence, cette empreinte, les liens dénoués, à recréer l'étoffe qui nous unit à elle, tu rêves d'enfermer ton corps dans une camera obscura à ta taille, d'imprimer ton ombre sur le paysage et le papier enduit de gélatine.

Cette obsession pour l'invisible, pour ce que nous voyons là où il n'y a rien, où le regard ne s'attarde pas, pour ce que notre imagination nourrit à partir de signes infimes, nous réunit. Quelque chose de pluriel nous hante, dont nous ne savons pas le nom, mais devinons l'essence et les transmutations.

Alors que le jour croît, nous pensons à ce qu'il n'atteint pas. Nous savons que dans les profondeurs glauques des lacs, les cercles patients des ombles et des brochets suspendent le cours du temps — une ronde lente, toujours renouvelée, qu'aucun insecte chu sur une eau libérée des glaces ne trouble. Loin au large de l'embouchure du golfe, autour des îles du Lynx, quelque chose frémit sous la surface. Des milliers de cabillauds fusent mâchoires en avant à travers les nuages de krill. Leurs lourds corps vert-de-gris perforent, déchirent et se gavent, leur frai agite la houle. J'imagine les cachalots qui fendent cette foule ondoyante, plongent et franchissent l'un après l'autre tous les paliers pélagiques, et leur rencontre avec les calmars qui dansent solitaires dans les abysses ; je rêve de la chitine noire des becs qui luit sous les huit bras recouverts de ventouses, des longs tentacules tendus vers l'avant qui palpent les profondeurs à la recherche de proies, des yeux immenses, grands disques blancs qui percent les ténèbres.

Ma peau membrane versatile est traversée
par la pluie par la nuit par tes souffles
ma peau qui absorbe, exhale, pleure, avale
qui souffle une brume de poussières si fines
que tu les absorbes involontairement
et elles crépitent sur ta langue
comme la poudre sucrée des soucoupes

ta langue alors brille et laisse sur mon corps
des traces nacrées
qui ondulent sur mon sacrum au creux
de mes coudes autour de mes malléoles
c'est une danse luisante et phosphorescente
qui me tatoue
— au contraire de tes souffles, ta langue ne traverse
pas la membrane de ma peau.

Dans l'obscurité je parcours de mes pieds nus
la piste des abeilles
je foule les fleurs suaves qui s'épanouissent
sous les étoiles
et je les bois
mon corps melliflue suinte :
tu récoltes de ta bouche le nectar qui coule
de mes yeux grands ouverts, tes papilles
sur mon épithélium cornéen
m'aveuglent.

Je suis parfois aussi poulpe à trois cœurs,
et la nuit je referme autour de moi
un coquillage vide :
il n'y a pas de place pour toi là où je dors
mes ventouses collées contre la nacre
réduisent la fente entre les deux coquilles
pour que je disparaisse

à l'intérieur,
mes tentacules regroupés autour du corps.

Tu avales le coquillage, ses parois externes striées
par l'ouverture desquelles
je te regarde glissent dans ta gorge dilatée
je crache noir dans ton œsophage
afin que tu m'expulses, et je me regroupe entre
tes mains en coupe
puis enserre tes longs doigts fins que je chéris.

Quand le jour naît,
ma peau s'étire et mes ventouses s'effacent
je redeviens membrane
tambour pour pluie qui tombe
absorbeuse de souffles
pleureuse de miellat
chanteuse de mélopées hachées et haletées
& je me déploie en filaments de brume
sur la cime des mélèzes centenaires.

Vernales

Depuis quelques jours, l'année a atteint ce moment éphémère où le balancier des jours et des nuits est à l'équilibre. Dans la forêt, la neige s'est tassée, solidifiée par l'hiver. Elle chute parfois encore la nuit, des flocons ronds et durs qui s'assouplissent pendant la journée. Le blanc recouvre le sol et les taillis, mais l'on commence à revoir le vert sombre des épines et les bouleaux jetteront bientôt la neige à terre pour déplier leurs feuilles, des cœurs vifs qui frémiront dans la brise. Sur la surface du lac est apparue une pellicule d'eau luisante, les scarifications de la glace lissées comme après le passage des zambonis pendant la mi-temps. Cela a gelé et fondu encore, plusieurs fois. Quand nous avons retrouvé les berges après une semaine sans longues marches il ne restait plus que quelques icebergs miniatures, des plaques translucides à la dérive, éparses. Depuis, le lac est devenu un miroir bordé de blanc : la forêt s'y reflète en tremblant.

Le poids du jour va inverser la balance, et la nuit va disparaître. Notre hiver s'achève, six mois de froid et de nuit, à l'abri dans le lit ancien, sous les courtepointes en patchwork, dans la torpeur engendrée par le chalet, un maelström de douceur au cœur d'un nid de neige et de blizzard, et toutes ces marches dans l'air glacé, nos doigts gourds, les pommettes à vif, les heures solitaires, les bûches fendues mangées par le poêle, tes peintures qui sèchent, nos piles de carnets, tes traits fluides et mes cursives hachurées, des griffures d'encre, se transformeront en souvenirs qui fondront en flaques et s'évaporeront, comme la lassitude déposée à l'entrée à notre arrivée.

Un matin, je te retrouve sur la grève, les yeux accrochés au large et à un voilier encalminé à l'embouchure du golfe par la pétole. Je te tends une tasse de café et m'accroupis à tes côtés, à quelques pieds de la mer lisse qui se soulève sur la rive : un ourlet, à peine, et le chuchotement de l'eau sur le goémon. Quelques canards siffleurs flottent devant nous, leur sillage dessine une courbe claire sur le bleu ardoise. D'ici, le voilier semble immobile. En tendant l'oreille, on entendrait presque le froissement des voiles qui faseyent dans l'absence de vent. Le courant de la marée descendante doit le porter vers le large, un mouvement imperceptible, lent, puissant. « Si j'étais lui, je godillerais jusqu'à l'embouchure. — Je crois que je préférerais somnoler sur le banc de nage jusqu'à ce que le vent se lève. — Tu ne serais pas impatiente de voir le large ? » Je ne réponds pas. En face de nous, les montagnes jumelles me dévisagent, leurs sommets dissimulés par une bande de nuages. Sur leurs flancs, les bois blanchis par l'hiver somnolent.

Je repense à Sacha, qui ne vient presque plus ici, qui préfère à la solitude du Grand Nord les frémissements de la capitale où j'ai croisé sa trajectoire il y a plus d'une décennie, et à la confiance que nous avons tissée, année après année. C'est l'une des rares personnes dont je t'ai parlé, bien avant d'évoquer le chalet. J'aurais aimé que vous vous rencontriez, vous auriez compris quelque chose de vous et de moi, je crois, mais Sacha a déserté l'hiver et son dépouillement, ne passe au chalet qu'en coup de vent l'été, une bourrasque qui secoue la poussière des étagères, pousse un canoë à l'eau, allume un feu de camp et repart après quelques jours.

Je vois ton regard rivé sur le voilier immobile, et je sais à quel point tu ressens l'appel du large. Lors de notre voyage vers le chalet, nous n'avions évoqué que les mois sombres, car le printemps était destiné au renouvellement du mouvement, à la chaleur méditerranéenne, aux yeux plissés par le reflet du soleil sur les massifs ocre, à la floraison des vipérines et des asphodèles dans les prairies sèches. Dans l'inertie de la nuit, nous n'avons pas parlé de l'après, tant reprendre la clef des champs après l'hivernage semblait une évidence. Bientôt, tu vas te lever et m'annoncer que tu penses à faire tes bagages, tes yeux soulèveront une question dont la réponse se dessine devant moi sur le golfe, dans le sillage des canards et du voilier, dans le sommeil des bois et des montagnes, dans le silence du vent.

Tu vas t'éclipser, et je ne te suivrai pas.

Je te suis reconnaissante de ce grand hiver immobile à mes côtés et étonnée de penser que tu vas partir avant moi, moi qui n'ai jamais su tenir en place après l'équinoxe, qui ressens le besoin d'exacerber l'été. Je suis celle qui quitte, la première à me lever et à tourner le dos, à affronter les départs et la route. Et pourtant je sens jusque dans ma moelle la nécessité de demeurer immobile ici. Je ne suis pas prête à bouger, à retrouver l'asphalte brûlant. Le vol des pélicans, le sucre des oliviers de Bohème, la sueur qui coule sur les griffures et pique la peau me manquent — un creux dans la poitrine. Mais je veux goûter au printemps puis à l'été des montagnes qui veillent le chalet, me baigner au solstice dans le lac libéré de sa glace, contempler les cétacés dans le golfe, grimper vers les crêtes entre les sorbiers et les saules dans un jour plus long que la plus longue nuit d'un hiver grec, m'enforester dans les épicéas en sachant le réveil des grands mammifères, sentir leurs présences dans les bois, leurs souffles dans mes rêves. J'ai envie de connaître le chalet pendant un cycle complet, voir fleurir, fructifier puis flétrir les myrtilliers et les mûres des marais, être pour une fois pivot et non mouvement.

Cela s'est installé petit à petit, un sentiment subreptice qui ne se révèle à moi que face à ce voilier sur une mer sans vent, dans l'odeur du café fumant, alors que tu n'as pas encore énoncé à voix haute l'imminence du départ prévu. « Je vais rester, tu sais. » Je tremble un peu, appuyée contre ton dos. Tu te retournes et souris : « Oui, je sais. » Et soudain, tout est si simple que je m'attends à ce que la brise se lève et emporte le voilier vers le large, que mon cœur ne déborde pas de ma poitrine, mais bien sûr je pleure, un mélange de bonheur, de soulagement et d'appréhension légère, quelques larmes rondes sans soubresauts, symétriques à celles qui humidifient le coin de tes yeux, et le calme plat de l'eau demeure.

Avant que tu partes, je t'accompagne à la ferme en bois pour que tu puisses glisser dans la boîte aux lettres d'Andrea un fin paquet d'esquisses au fusain — quelques mésanges charbonnières, et surtout ses mains, des mains âgées, osseuses et musclées, aux ongles courts et propres, aux veines saillantes recouvertes de tatouages baveux et colorés. Pour une fois, nous marchons sur la route, entre l'asphalte luisant d'humidité et le rideau d'arbres noirs aux pieds enneigés, et aucune voiture ne passe. Nos voix habitent le silence de la voie déserte qui se déroule en ligne droite à travers les bois avant d'être avalée par un virage et une grande joie nous envahit, parce que le ciel s'éclaircit, que le bleu s'installe et la lumière danse, parce que nous apercevons un lemming traverser la route à quelques mètres de nous et que nos rires qui rebondissent sur les arbres illuminent le jour.

Tu quittes le chalet et t'éloignes de moi, mais je ne doute ni de la réalité de ton retour vers ce havre où je demeurerai encore un temps ni de la pérennité du lien que nous y avons tissé, qui relie la Méditerranée au Nord et le mouvement à l'immobilité. Je t'observe remplir tes valises de carnets de croquis et de pellicules non développées que tu coinces entre tes vêtements et je suis sans crainte, habitée d'une sérénité que je me découvre : le fil qui nous lie peut sans rompre s'étendre au-dessus des mers et des chaînes hercyniennes qui nous sépareront, sa force est sa souplesse. Un jour, au retour de l'une de mes marches, je te verrai sur le seuil, un sac à dos à tes pieds ou bien je viderai le chalet et te rejoindrai — nous nous retrouverons, pour une durée incertaine. Le temps aura changé nos corps, ajouté à nos expériences, mais nous demeurerons les mêmes argonautes à bord du vaisseau que depuis notre rencontre nous renouvelons pièce après pièce sans le renommer.

Lorsque j'ai écrit à Sacha pour lui demander si je pouvais demeurer quelques mois de plus au chalet, sa réponse a été immédiate : « Reste autant que tu en éprouveras le besoin. » Alors, le temps s'est affolé et les quelques jours avant ton départ sont passés si vite que je ne sais plus si c'étaient des jours ou des semaines, un tourbillon de marches dans les bois ou le long de l'estran, de sexe et de fous rires, comme s'il nous fallait tout faire une dernière fois avant l'installation du printemps, placer une pierre blanche sur chaque acte. Nous avons chanté des comptines sans queue ni tête, nous avons inventé des devinettes aux règles absurdes, nous avons parlé plus que tout un hiver et un matin tu n'étais plus là.

Andrea et moi sommes rentrées seules de la ville. Elle a patienté dans le pick-up pendant que toi et moi nous disions au revoir dans la salle des pas perdus, une étreinte longue dix fois renouvelée. Je t'ai offert un latte brûlant dans un gobelet en carton, il t'a encombré les mains jusqu'au quai où tu l'as bu en attendant l'arrivée du train et son odeur dans ton souffle ne m'a pas quittée. Depuis, je verse chaque après-midi un nuage de lait dans mon café et je le sirote en regardant les voiliers revenir un à un dans la langue étroite du golfe, secouant leurs voiles du long hivernage qui les a maintenus à quai.

La présence de la neige s'est atténuée et l'espace qui entoure le chalet s'est dilaté, comme si l'air qui sépare les arbres et le silence entre les chants d'oiseaux avaient grandi, que leur substance s'était, d'une façon à peine perceptible, modifiée. La solitude que j'expérimente diffère de celle que nous partagions, pas moins confortable ou moins intime, mais plus vaste, plus mutique, moins ouatée. J'arpente la forêt et explore les sentes que l'hiver rendait inaccessibles, m'éloigne de plus en plus du chalet, vers les crêtes au-delà du lac, et découvre les frondaisons libres de leur manteau blanc et repeuplées par les oiseaux qui sortent de leurs cachettes hivernales — nuées jaunes, envolées noires et blanches, rose rare. Même lorsque je n'aperçois pas les verdiers, les pics épeiches ou les bouvreuils, leur récital accompagne mes marches. Le mélange de trilles, de staccatos et de plaintes est couronné par le bruit de l'eau, un chant clair qui s'écoule entre les fûts, serpente sur le sol, s'égoutte des branches et glisse des feuilles déployées. Dans les combes ombragées et les sentiers les moins pratiqués, des amoncellements de neige demeurent, dernières traces hiémales à l'orée de l'effervescence printanière. Celle qui a fondu a gorgé d'eau la mousse, mille ruisseaux sont apparus dans la forêt et le lac enfle jusqu'à dévorer les touffes de molinie qui le bordent.

Malgré la fraîcheur de l'air, j'ai traîné l'un des fauteuils sur le porche et l'ai tourné vers la petite clairière qui s'ouvre devant le chalet. De longues heures contemplatives y filent, accompagnées de thé noir. La tasse diffuse une chaleur douce dans mes paumes, je l'appuie sur mes joues quand l'immobilité les refroidit. Quelques-uns de tes cheveux s'accrochent encore au plaid dans lequel je m'enroule. Ton odeur a disparu, mais je parviens à la convoquer si je ferme les yeux, un effluve de biscuits et de miel niché à l'arrière de tes oreilles, à la lisière de tes cheveux, et qui se mélange à ce qui m'entoure : la caresse acidulée de la bergamote, le vert des sous-bois, la laine du plaid humidifiée par l'air. Une martre traverse l'herbe haute au trot, ivre comme moi du parfum d'humus et de sève qu'exhale la forêt. Elle saute sur le vieux chablis qui marque la lisière et s'arrête une fraction de seconde pour me regarder avant de disparaître par-dessus le fatras solidifié de racines et de terre, à la recherche d'un campagnol amaigri par l'hiver.

Dans le golfe, les oies bernaches ont réapparu. J'ai d'abord vu un ou deux couples, puis une quinzaine, et en quelques jours les huîtriers pie, les gravelots, les courlis et les mouettes les ont rejointes, la grève s'est emplie de sifflements, d'aboiements, de piaillements. Quand je préfère pour mes marches matinales l'estran à la forêt, j'observe les oiseaux attendre la marée basse, perchés sur un écueil ou barbotant près de la rive, certains que la bascule arrivera et qu'ils pourront fouir la vase en suivant le reflux. Parfois, un goéland atterrit à proximité d'une nuée de gravelots qui décolle et file une dizaine de mètres plus loin — stroboscopes brun et blanc qui effleurent l'eau de la pointe de leurs ailes. Je guette le retour du couple de tadornes de cet automne, impatiente de saluer à chaque couchant son vol silencieux vers l'amont de la rivière. Autour du chalet, les passereaux, les corvidés et les rapaces reviennent eux aussi par vagues et le hululement mélancolique des chouettes perchées au-dessus de moi succède aux cris rauques des corbeaux qui traversent la fine bande de mer au crépuscule et annoncent le début de mes soirées que le recul de la nuit étire.

Mes carnets de la saison sombre, refermés, sommeillent sur l'étagère à côté des piles de livres et des bocaux emplis de galets et de sable. Sur la table basse, une flore et un guide ornithologique les ont remplacés. Le printemps m'imprègne de son rythme lent et inexorable — la lenteur des éclosions, le secret de la sève qui bout sous l'écorce, le gonflement des rivières. Chaque jour, par le tracé de mes pas, je place le chalet au centre d'une étoile dont les branches s'étendent de la grève à la forêt et relient l'estran, le lac, les premières crêtes, l'arrêt de bus au bord de la route, la ferme d'Andrea. Dressés quelque part entre le sel de l'océan, l'humus des bois, les pierriers des montagnes, la sauvagerie de la forêt boréale et la communauté humaine, le chalet et moi sommes au seuil de chaque mouvement — nous fondons en nous les limites et dissipons l'idée de frontières. Le chant de corbeaux et de salamandres des collines ne me donne plus l'impression de dévier : il me souffle à l'oreille que ma place sera toujours liminale. Assise en tailleur sur le lit en bois, je porte en moi les flous qui m'entourent et je m'initie à une immobilité qui balaie les peurs d'enfermement et de sclérose. J'apprends à reconnaître les pierres au détour des chemins, à deviner avant de les voir les courbes et les lignes de fuite, à identifier ce qui était enfoui et qui réapparaît ; j'incorpore la mer et la forêt en les ramenant dans le chalet, en glissant dans mon corps leur goût d'algues, de girolles et de bourgeons.

Pendant une semaine, je recueille chaque matin la sève de trois jeunes bouleaux dont j'ai incisé l'écorce au pied du fût. Les pailles métalliques que j'ai insérées dans les blessures guident la sève claire dans une bouteille en verre que je vide dans un grand bocal à travers une étamine, avant de revisser le couvercle et de le glisser dans mon sac à dos à côté du sachet en kraft qui contient ma récolte de bourgeons de pins. Je reviens de mes expéditions les pieds chargés de boue, trempée par les gouttes qui se décrochent des branches et s'écrasent sur ma capuche et mes épaules, et après que je change de vêtements et m'essuie les cheveux le chalet se transforme en athanor. Je filtre la sève et la brasse dans une marmite avec du sucre et des fruits secs puis l'enferme dans des jarres où elle fermentera ; je confectionne avec les bourgeons et de l'eau-de-vie qu'Andrea m'a offerte à ton départ une liqueur que je range dans le buffet. Puis, les ongles et les mains tachées, la tête embrumée par les vapeurs éthyliques, je m'engloutis dans le monceau de coussins du lit et somnole en rêvant au goût futur de la liqueur sur les langues, à la chaleur diffuse de l'alcool dans les gorges, à l'ivresse légère, joyeuse et partagée, aux réserves sucrées de vie que j'accumule.

Je croise parfois aux alentours du lac Andrea qui marche d'un pas vif, le dos rétabli, un chiot sur les talons. Elle me serre dans ses bras pour une accolade affectueuse et je redescends avec elle à la ferme, par des sentes discrètes que je n'aurai pas trouvées seule, peinant à la suivre dans les taillis de fougères et l'imbroglio de fragons et myrtilliers. Ses foulées sont habituées à l'instabilité du sol humide dans lequel les bottes s'enfoncent, quand les pierriers secs et les chemins poudreux bordés d'épineux qui s'élancent hors du calcaire ont façonné les miennes. Elle nomme les roches, les crêtes et les carrefours, m'apprend à identifier les plantes que je ne connais pas. Je profite de mes passages au coffeehouse pour chercher sur internet la traduction dans ma langue maternelle de leurs noms vernaculaires chantants que nous ignorons toutes les deux en anglais.

Les déjeuners à la ferme qui suivent nos marches sont simples et copieux, du pain frais, du fromage, quelques pickles, un grand café, puis Andrea me raccompagne jusqu'au chalet en devisant avec légèreté. Si elle m'en demande, je lui donne de tes nouvelles, piochées parmi celles que nous échangeons par mail de façon irrégulière et désordonnée, une succession de pensées brèves et de silences entrecoupée de longs messages. Elle et moi évoquons plutôt les herbes et les mousses qui surgissent sur les affleurements rocheux, les oiseaux revenus, le reflux de la nuit vers la tanière où elle passera l'été, l'or qui berce les cimes et les ciels nocturnes, le bleu franc des rivières, des lacs et des baies. Son lien à la forêt et au golfe, qu'elle me transmet en pointillé sans qu'elle ou moi le vocalisions, est un don précieux. Souvent, nous nous taisons ; sa voix profonde et basse se fait silence, la mienne l'écoute. Alors surviennent le cri d'un rapace, le chant d'une rivière, le grincement d'un tronc dans la brise, et nous sourions.

Il pleut presque tous les jours maintenant, de grosses gouttes qui résonnent sur le toit du chalet. J'ai dû rentrer le fauteuil à l'intérieur pour qu'il sèche devant le poêle et une flaque s'étale autour de chacun de ses pieds. Entre deux averses, quand la forêt que la pluie rend silencieuse s'ébroue et recommence à chanter, je cherche la clairière du presque-frêne sans la retrouver, comme si le printemps avait effacé les traces qui y mènent et qu'elle n'appartenait qu'à l'hiver, que la disparition progressive de la nuit basculait la forêt dans un monde sans fantômes ni fantasmagories. Depuis ton départ et le passage de l'autre côté de l'équinoxe, mes plongées intérieures s'espacent, mais mes yeux s'ouvrent à la furtivité et à la périphérie, et l'invisible apparaît sur les lisières. Dans la lumière qui s'allonge et repousse l'obscurité à ses confins, le sauvage afflue ; je le discerne à l'orée de ma conscience, une agitation, une présence, un souffle.

L'un de ces jours où la clairière du presque-frêne m'échappe, je rencontre dans une tourbière une vipère péliade sur une souche pourrissante, profitant d'une éclaircie pour un bain de soleil qui réchauffera son sang. Sur le beige de son corps enroulé sur lui-même, une guirlande brune en dents de scie dessine une spirale parfaite. Consciente de son caractère farouche, je l'observe sans frémir. Elle ne file pas à mon approche, engourdie par sa sortie d'hibernation et la fraîcheur persistante. Bientôt, elle se débarrassera de la mue qui l'enserre et l'aveugle en frottant ses lèvres sur l'arête d'une roche pour écorcher sa peau. Quand la déchirure sera assez longue, elle se contorsionnera pour s'en extirper et, au contraire des sauriens qui l'arrachent par lambeaux et s'en nourrissent, elle l'abandonnera encore entière, la faim aiguisée, l'agilité retrouvée. Le liquide qui oint sa jeune peau luira sous les rayons de soleil, la griffure des herbes sera plus vive sous son ventre, elle coulera jusqu'aux berges les plus proches et guettera la grenouille rousse — patiente & immobile. Un jour proche, entre les bruyères et les sphaignes, au pied d'une airelle en fleur, je trouverai son ancienne enveloppe. Alors, je dénouerai mes cheveux relevés en chignon pour m'en faire une couronne fragile et je traverserai la tourbière, reine aux pieds nus coiffée d'une peau translucide.

À quelques coudées de la souche, proches des rives d'un ruisseau, l'empreinte d'une loutre et celle plus fraîche d'une ourse apparaissent : la trace légère de petites pelotes palmées reliées par une membrure fine et la marque profonde de cinq griffes enfoncées dans la boue, deux ou trois pouces en avant d'une main immense. Au-dessus de l'étendue de fougères et de mousses, les trilles liquides des sizerins et le chant bavard des grives se déploient; à mes pieds, le chuchotement de l'eau souligne le silence des fauves et des reptiles. Je m'accroupis auprès du ruisseau. La main posée sur les empreintes, je tente de devenir forêt, de revoir la loutre se hisser sur la berge et l'ourse se frotter à la souche avant que la vipère y rampe, de deviner les sentes qu'elles ont empruntées, de visualiser leurs formes au-dessus des marques qu'elles laissent et des brindilles brisées.

Je glisse dans l'eau sur le dos, je m'enspirale dans les tourbillons, je sens les remous de fuite d'un omble sur mes vibrisses, je traverse les débris de feuilles et les remugles soulevés par une écrevisse, je la laisse s'enfouir car je suis repue, le ruisseau me porte. Je sors la gueule de l'eau, les gouttes qui s'accrochent à ma fourrure luisent dans le soleil matinal, je quitte la tourbière pour rejoindre la forêt, je plonge ma truffe entre les racines d'un mélèze, l'odeur de champignon m'ouvre l'appétit, je fouis l'humus, les insectes et les vers se collent sur ma langue, je me régale, je me frotte sur le tronc et grogne de satisfaction. J'ouvre les yeux, la vipère a disparu, mes jambes sont ankylosées, j'ai du mal à me déplier, je m'étire, bras tendus vers le ciel je dessine un arc, de la plante des pieds aux extrémités des doigts, puis je me plie en deux, les mains au sol et le dos droit, le sang me brûle les jambes sur son parcours, il me fouette les tempes. Le soleil a dépassé les cimes et inonde la tourbière.

Sur le retour, je marche d'un bon pas, dans la hâte de retrouver le fauteuil et les livres, de cuisiner un plat copieux, d'observer les montagnes jumelles et la bande de mer qui m'en sépare. Quand j'approche du chalet, je crois voir une silhouette floue derrière la vitre, avant de réaliser que je ne vois que mon reflet déformé par celui des branches.

Depuis, j'ai suspendu au-dessus du carreau un mobile de brindilles et d'écorces pour reconnaître les illusions et j'ai punaisé au mur un dessin flou d'ourse, de loutre & de vipère, des ombres de graphite étalées au doigt sur une feuille blanche puis dissimulées par des hachures d'herbes noires. J'ai découvert que l'attente de ce qui vient m'a quittée, elle a glissé au sol en mue flétrie et ce qui émerge est fripé comme les doigts trop longtemps immergés dans le bain. J'ai voulu arrimer mes phrases et chacun de mes pas, j'ai empli des carnets d'images codées en mots, la collecte ne les a ni figées ni endormies, elles ont tissé autour du chalet une résille de danses et de chants. Avec la disparition de l'attente, j'ai rattrapé le présent et la forme du temps a changé — je ne tente plus de retenir l'hirondelle près des tamaris : elle peut glisser. Je ne saurai pas ce qui était imminent, car le présent déborde.

À pas de louve, la saison avance sur une ligne courbe. Au nord, le jour dévore les ténèbres et le crépuscule s'étend sur les heures de sommeil. La nuit perd en profondeur et en mystère, elle enveloppe les forêts et les montagnes de sa luminosité et ne parvient pas à cacher les allées et venues de la lune dont la pâleur contraste avec les rougeoiements du ciel.

La clarté retrouvée déploie les fractales et prolonge les racines de ce qui a attendu dans la longue nuit. Dans une combe, le cerf a frappé le sol de son sabot et la vie a jailli des profondeurs où elle s'abritait. Ce qui croissait avec obstination dans les sous-sols, ce qui patientait, tenace, dans le ventre de l'hiver, dans les entrailles de la terre et des lacs, prêt à traverser les épaisseurs rocheuses et végétales ou à émerger des eaux profondes, a été réveillé & déferle. J'ai rêvé qu'à l'appel du cerf les brochets sortaient des abysses du lac et se métamorphosaient en mouflons pour escalader les corniches, qu'à cheval entre une lagune et une mer tu te dressais et versais au sol des colonnes d'eau, que les rivières gonflées par le dégel coulaient dans l'océan pour y chercher la cavité où elles sont nées.

Après ce grand voyage avec toi depuis les plages de galets où les taureaux blancs dorment à l'ombre des tamaris jusqu'à ce golfe étroit que veillent les montagnes jumelles, je réapprends à vivre seule. À l'intérieur du chalet, dans l'absence de mouvements autres que les miens, dans la fraîcheur des nuits solitaires, dans le silence qui fait écho à ma voix quand je m'exclame, je devine l'aire que je deviens et les possibles qui se dessinent. Dans cette solitude nouvelle et calme, la mémoire encore palpable de cette traversée côte à côte de l'obscurité hivernale m'accompagne. Les étreintes des serpents qui traversent mon corps, les fièvres lavées dans les mares, la collecte de nos instants communs et de nos escapades solitaires, l'apprentissage paisible de ce que l'altérité signifie forment un tout que je relie aux secrets de la nuit, aux choses que le silence révèle, aux forces chtoniennes qui modèlent ce qui sourd.

Autant que la lumière revenue, la solitude transforme la perception de ce qui m'entoure, les contours des corps, des bois, des maisons. Ta présence modifiait la substance de mes rêves, elle changeait jusqu'à la matière du chalet; seule, je le redécouvre, comme je redécouvre mon corps que je scrute pour déceler ce que l'hiver a altéré, les bouleversements infimes qui me disent que je ne suis plus tout à fait la même. J'ai parfois l'impression que l'hiver a greffé un poulpe sur mon ventre — il étend ses tentacules de mon nombril jusqu'aux contours des autres êtres, il les goûte et les sent, il frémit au son de leurs voix, établit un contact, se rétracte et se déploie tour à tour. Quand des vagues me submergent, son existence suffit à empêcher le sol de tanguer.

Je pourrais faire mes courses en ville avec Andrea, mais je préfère descendre du bus avant le pont pour visiter l'épicerie de proximité. À l'affût d'un nouvel arrivage, je balaie du regard les armoires réfrigérées peu fournies et je parcours les rayonnages remplis d'aliments secs ou en conserve. Avec les semaines, j'ai développé une affection particulière pour les emballages au graphisme passé de mode des sachets de biscuits secs et de pain craquant, des bocaux de Marmite ou des tablettes de chocolat noir. Je suis souvent la seule cliente et les deux femmes qui tiennent la boutique s'habituent à mes visites. Comme Andrea, elles m'apprennent à nommer dans leur langue ce qui m'entoure, ce que je mange ou le temps qu'il fait et tissent à leur tour, un peu plus dense, l'étoffe qui me relie au golfe.

Un matin, le bleu du ciel et les cimes se reflètent dans les flaques devant l'épicerie. J'y croise mon regard écarquillé par l'air vif, mon reflet est emmitouflé dans un pull trop grand, les bras chargés de paquets et le bas du pantalon mouillé par l'humidité du chemin qui relie le chalet à l'arrêt de bus. Cela remonte par capillarité jusqu'aux genoux et je frissonne à chaque courant d'air, alors je retourne dans la boutique pour acheter une paire de bottes qui doit attendre depuis un an sur l'étagère de l'entrée, à côté des hameçons et des mouches, de pouvoir protéger mes jambes du sol spongieux de la forêt qui pleut et qui fond.

En plus des bottes, je me suis procuré du matériel de randonnée dans le magasin d'équipement sportif du centre-ville et je profite plusieurs fois de la luminosité des soirs pour partir en expédition dans la forêt. J'y passe plusieurs jours, dormant au pied des mélèzes dans une tente en toile rousse. Toute la journée, je grimpe à travers bois vers les hauteurs et je ne redescends qu'après avoir atteint la ligne de crêtes et vu le golfe se déployer jusqu'aux îles essaimées à l'embouchure. Mes muscles engourdis par l'hiver se sont déliés, mon souffle s'allonge et chaque pas renforce l'impression d'être plus vivante que jamais, la sensation que mon corps est fait pour la marche, pour tendre en silence vers l'effort et les hauteurs. D'en haut, j'admire la rivière qui serpente dans la vallée et le chapelet de lacs et de rivières qui s'accroche à la forêt ; le soir, je m'adosse aux arbres pour avaler un porridge froid agrémenté de fruits secs, puis je me faufile dans mon sac de couchage. Dans la pénombre de la tente, j'écoute la forêt murmurer. Une branche craque, deux grands-ducs se répondent ; le cône sec d'un mélèze se détache des branches ; un rongeur fouille les racines à la recherche des reliefs de mon repas ; ni les louves ni les ourses ne m'approchent.

Le vent frais qui siffle entre les sapins agite la toile de grandes secousses qui la plaquent sur mon visage et me réveillent. Comme cet hiver, je peine à deviner l'heure : le soleil brille autant à mon coucher qu'à mon lever, ne se déplaçant que de quelques degrés du nord-ouest au nord-est pendant mon sommeil. Même au plus sombre de la nuit, une lueur indigo éclaire l'horizon. Allongée dans le cocon secoué de la tente que ce crépuscule traverse, je songe à la proximité de l'axe du monde puis à l'équateur que j'ai un jour guetté depuis le hublot d'un avion : même si je sais que ces lignes sont imaginaires, je ne peux m'empêcher de les visualiser tracées dans l'espace comme si je ne pouvais pas ne pas ressentir physiquement le franchissement ni distinguer une modification infime de l'air d'un côté à l'autre. J'imagine m'approcher au plus près du Pôle pour observer l'axe se matérialiser dans l'air, je voudrais tendre la main pour le toucher — elle le traverserait comme un rai de lumière.

Dans la réalité, les lignes sont floues ou invisibles. Ici, la neige ou l'eau les recouvrent et le sens des mots «jour» et «nuit» fluctue selon qu'ils désignent la lumière et l'obscurité ou les heures de veille et celles de sommeil. Ils divisent l'année en deux, mais cette délimitation danse d'un équinoxe à l'autre et l'année est comme un berceau suspendu aux rotations terrestres. Le va-et-vient de l'obscurité et de la clarté vide et emplit le ciel comme le flux et le reflux de l'océan dans l'embouchure, un rythme inexorable d'eaux mortes et vives, de calme et de fureur, de points extrêmes qui alternent avec des points d'équilibre. Ce mouvement de balancier, cette constante vacillation des repères m'étreint et me calme. Je comprends qu'en l'absence d'un déplacement rapide sur la carte l'écart entre deux points ne se dilatera ou ne se creusera plus, qu'avec l'appartenance à un lieu vient la certitude que ce qui est suffit à modifier le paysage et le rythme circadien d'une façon qui fait oublier au corps ce qui a été et ce qui sera.

Le jour où l'horizon recrachera le soleil quelques secondes après l'avoir avalé approche. J'écris de nouveau, des pages gorgées du murmure des bois et du clapot du golfe, d'averses et d'éclaircies, de torrents, d'humus et de reflets. La forêt habite mon corps et mes mots, mais quelque chose d'autre s'y mêle, qui n'est ni mémoire, ni brûlure, ni lumière, une force qui pulse et vibre, qui vrille les tympans quand elle s'extirpe de moi. J'ai embouteillé la sève devenue champagne, filtré la liqueur, puis j'ai refermé les portes et je les ai oubliées. Mais je sais que, pareille aux alcools qui patientent à l'intérieur du buffet, une lente fermentation se poursuit dans l'obscurité. Elle intensifie les saveurs boisées du printemps et éloigne le camphre estival et l'âpreté pourpre des baies d'automne.

Un jour de grand soleil, de ciel bleu immaculé, où les vols d'oies sauvages rasent la surface de l'eau, je décide de libérer cet esprit-de-printemps avant le retour prochain des aubes, des crépuscules et des soirées, pour célébrer la vivacité de l'air, le tranchant de mon corps que la lumière et la marche ont affûté. Je traîne jusqu'à la grève des branches de résineux brisées par le poids de la neige ou le vent, je les entasse en désordre sur des cônes de pin et d'épicéa que j'ai apportés par brassées et après plusieurs allers-retours leur enchevêtrement m'arrive à la poitrine. Des écorces sèches de bouleaux suffisent à allumer le feu — les flammes s'élèvent, les pommes de pin explosent en étincelles, l'air crépite. Je fixe l'illusion orange et rouge qui vacille.

J'entends avant de la voir les pas réguliers d'Andrea sur les galets qui crissent et roulent, sa voix qui s'élève claire. Elle pose la main sur mon épaule en guise de salut et dépose au sol un panier de victuailles, puis s'assied en retrait sur la bande herbeuse qui sépare le bois de la grève. Le chiot qui la suit partout divague sur le sable, sa mâchoire claque sur le vide quand il attrape les puces de mer qui fuient le brasier. Le bois humide fume blanc et épais, cela pique les yeux quand on regarde la mer qui monte sur l'argent de la vasière luisante de rigoles et de sel. La brise paresse et vagabonde, la fumée s'attarde avant de s'élever, elle s'accroche aux vêtements et parfume les cheveux — demain je sentirai la boucane.

Nous partageons un repas, la bouteille de bouleau circule entre nos mains, nous buvons à même le goulot, l'eau aigre et sucrée pétille, la levure et l'alcool sont un voile sur les langues. Les mouvements du soleil et de la mer sont imperceptibles, un miroir où se reflète mon feu de joie. Un courlis pousse son long cri d'alarme, une bordée décolle d'un rocher et file vers l'amont. Andrea désigne les points du paysage, amers, sommets, criques, et les nomme. Elle repart avant que le ciel tende vers l'or, car nos partages ne s'appesantissent pas : notre relation se constitue de nourriture, de noms & de silences. Ce qui a fait nos vies et nous réunit dans ce nord du Nord lui est extérieur, et il y a quelque chose de magique dans l'existence de ce qui chez l'autre n'est ni communicable ni atteignable, ce refuge intérieur où chacune de nous est seule. J'ai besoin de moi pour être entière, mais ma présence ici n'est plus hivernage ni retraite et l'idée même de l'érémitisme s'est éloignée.

Après le départ d'Andrea, je suis allée chercher dans le chalet les plumes, les bois flottés, les fragments d'algues, ce qui encombre les étagères, ce qui a été ramassé sur la laisse de mer les étés passés, ce qui s'accumule et dont on oublie la provenance. J'ai jeté le tout dans les flammes et les plumes ont rétréci, se sont recroquevillées puis ont disparu. J'ai aussi lancé la mue d'une vipère dans les flammes, elle a crépité avant de se racornir. J'ai ouvert une nouvelle bouteille, plus forte, j'ai bu de grandes lampées, l'alcool m'a sucré la gorge et j'ai craché la fumée qui se collait à ma langue à chaque inspiration. J'ai tourné en courant autour du feu, il ne faisait toujours pas nuit alors j'ai crié, j'ai bu encore et j'ai dansé, j'ai fêté mon existence.

Je me suis enroulée dans l'une des couvertures du chalet. Il ne fait jamais vraiment chaud ici : le corps ne connaît pas la torpeur, il s'habitue à être toujours en éveil, toujours dynamisé par l'iode, l'air frais, les brises. Le temps a cessé de s'écouler et je somnole, les yeux fixés sur ce que le feu avale — mon brasier, un sémaphore de pilleur d'épaves. Est-ce que je deviens repère ? La nuit qui refuse de tomber recouvre d'un sentiment d'irréalité le feu de joie alors que je m'endors ivre sur le sable tiède près des braises.

Au réveil, le soleil brille blanc, un disque pâle derrière un voile mouvant de nuages, et le temps une fois de plus m'échappe. Je n'ai pas la gueule de bois, mais la lumière me désoriente, je ne sais plus ce que je fais sur la grève, ni de quelle matière sont constitués les mois qui ont filé ici. Je fouille machinalement dans les cendres encore chaudes avec une longue brindille et au fond du foyer une pierre verte apparaît. Je l'observe qui se niche au creux de ma paume, lisse, ovoïde, un vert pâle tavelé de carmin, puis je la laisse tomber dans ma poche.

De l'autre côté du rideau de bouleaux, la silhouette du chalet m'appelle, mais je veux profiter encore de ces heures figées entre deux jours, alors j'attrape la couverture et longe l'estran. Dans les roseaux qui bordent la grève, les moustiques pullulent et lorsque l'étroitesse de la bande de galets m'oblige à m'en approcher, je tends sur mon visage un vêtement pour pouvoir respirer. Je marche jusqu'à l'une des criques secrètes qu'Andrea m'a montrée, une plage de galets noirs et ronds barrés de laisses de goémon dans lesquelles s'emmêlent les plumes des limicoles qui muent — rémiges grises, blanches et brunes, tachetées.

Lorsque j'atteins la crique, un jet d'eau me salue à plusieurs centaines de brasses de la rive, des milliards de gouttelettes iodées projetées dans l'air par une colonne de gaz carbonique. Je suis trop loin pour apercevoir le dos bossu qui émerge, mais je me déshabille et plonge pour rejoindre les vagues où la baleine nage, nos corps séparés par une masse liquide et compacte, la pierre verte dans mon poing serré pour ne pas la perdre. La même eau nous porte et glisse sur nos peaux, le même ciel reçoit nos souffles, mais rien dans mon corps ne me protège de la fraîcheur de la mer qui est pour elle caresse et soutien.

Je sors de l'eau pour m'asseoir sur les galets, enveloppée dans la couverture qui calme mes frissons et absorbe la mer qui dégouline de mes cheveux. Sur les ongles peints de mes orteils, l'eau forme des gouttes qui luisent comme des perles et renvoient dans l'air la lumière de l'air et l'esprit de la mer. Je cherche des yeux la baleine sans l'apercevoir quand un nouveau jet surgit à mi-distance de la rive opposée, accompagné d'un second. Quelques instants plus tard, deux rorquals à bosse se propulsent dans le ciel en un salto arrière qui découvre leurs étranges sourires inversés et leurs ventres pâles, leurs nageoires blanches ouvertes en salut. L'air pour elles doit être un frottement plus léger que celui de l'eau, un souffle froid sur la peau, la rencontre brève de leur masse. Dans un fracas d'eau, elles retombent sur le dos. La mer se referme sur les géantes et à quelques mètres de l'endroit où leurs muscles incroyables les ont propulsées dans l'air pour qu'elles volent et vrillent et rient, un fou de Bassan plonge en piqué. Ailes repliées, tête tendue vers l'avant, blanc jaune noir, il transperce le bleu, une tornade poursuivie sous la surface par une colonne de bulles. Collée à la terre par la gravité qui me contraint, j'assiste aux trajectoires contraires, aux verticales qui se croisent, à la rencontre de ces deux mondes en trois dimensions qui se côtoient en fulgurances.

Je ne peux rien voir des danses lentes et délicates des baleines mais le fou, tout son être focalisé sur l'éclair argenté qu'il vise, aperçoit les ombres immenses à sa périphérie. Il entend sous l'eau leur chant, un mélange de graves et d'aigus, des grincements & des gémissements, des lamentations & des extases, une vibration qui conte des histoires immémoriales de l'époque où les géantes marchaient sur terre — ce qu'elles transmettent et qui nous échappe, ce qui se perd dans nos rêveries. Là où les rorquals ont plongé, une tache blanche persiste un instant puis s'estompe, le bleu gris se redéploie sur la surface des vagues — j'expire le souffle retenu. L'eau serpente sur la chair de poule de mes bras que j'ai repliés autour de mes genoux, je ne sais plus si c'est le froid ou l'émerveillement qui parcourt ma peau.

Dans le calme immense, quelque chose de l'ego se dissout. L'empathie des baleines est une onde qui me traverse et me relie à la patrouille de goélands qui flottent sur le ciel laiteux, au goémon que les vagues inlassables soulèvent l'une après l'autre pour le remonter le plus haut possible sur la grève. La brise qui agite l'armérie maritime, les lichens jaunes, orange et vert pâle qui colonisent les roches, la mer, les montagnes d'en face, les galets noirs : tout me précède de centaines de millions d'années. Je suis éphémère et je ris, car je sais que je pourrais vieillir ici, entre la forêt et le sel, être refuge et réfugiée sans me perdre ou me dissoudre.

Depuis les baleines, le jour a commencé à décliner, une vingtaine de minutes par semaine, et j'ai aperçu quelques étoiles dans la nuit nouvelle — une enfant-nuit, jeune et vive, d'un indigo bordé de pourpre et de carmin à ses extrémités, qui ne revêt du velours noir piqueté d'or qu'en son cœur, là où les deux Ourses s'accrochent au ciel à la verticale de mon corps —, je dois basculer la tête loin en arrière pour les contempler.

Bientôt, je trouverai les premières mûres des marais, encore orangées et trop acides pour être mangées. Juste après elles arriveront dans les sous-bois les myrtilles et les airelles, puis les sorbes orange vif au goût âpre de quinine.

En attendant leur retour, j'écoute les merles
siffler sous le soleil nocturne.
Quand l'air est moins frais
et que j'éprouve le besoin de laver
mon corps de la forêt qu'il absorbe

je plonge dans les vagues froides.
Elles dénouent mes cheveux et resserrent mes pores
je nage nue   une brasse rapide
la mer entre en moi quand j'écarte les jambes
Plus tard, l'eau de la douche glisse sur ma peau
et me débarrasse
des fragments d'algues qui se détachent
et disparaissent dans la bonde
La mer coule hors de moi quand je m'accroupis,
entre mes jambes est une blessure, une béance
un cratère qui libère son surplus de lave
Sur les courtepointes en patchwork
        je m'écartèle
les membres tendus je me prodigue la cambrure
de l'orgasme
une brûlure électrique qui part du centre
et écarquille mes yeux
Mon clitoris palpite sous ma paume
        un poisson
je mesure mon pouls à l'aide de ses battements
je me berce je me love dans mes propres bras
je chantonne pour moi-même
        des murmures & des soupirs
Je ne m'accroche plus aux images
ma mémoire n'est pas corps-mort, c'est un flux
J'enfante des phrases qui se développent
dans mon utérus fécondé par lui-même

je fais descendre la matrice des poèmes
de mon cerveau à mon bas-ventre
je transforme mon corps entier
en organe de création :
　　ma peau créatrice, mes yeux créateurs,
　　mon hypophyse, mon œsophage,
　　mes glandes mammaires,
　　ma moelle osseuse
　　& mes voûtes plantaires créatrices
Arrachés à l'émeraude des profondeurs,
les mots sourdent de moi
entrailles de seiches ou chapelets d'encornets
gorgés d'encre
　　mutants & monstrueux & frémissants
　　blanc perle veiné de pourpre
　　caillots noirs luisants
Je les accroche
avec le linge qui claque dans le vent
Les voyant, ton corps à leur image palpiterait :
ton hémisphère droit, ton sexe, ta veine cave
et ta jugulaire,
et ce point précis et sensible par lequel mes mots
entrent en toi et qui diffère chez chacun
— œil, œsophage, nombril ou —
que sais-je à vrai dire de la partie de ton anatomie
qui avale
les mots ?

Apparitions

Quelques phrases disséminées dans l'ouvrage, parfois légèrement modifiées, sont empruntées aux auteur·ices suivant·es:

Alfred de Musset : « Le sang coule à longs flots de sa poitrine ouverte. » *La Nuit de mai*, 1835.

Tarjei Vesaas : « Des deux côtés, la forêt, où régnait un silence de mort – avec tout ce qui en cet instant devait y vivre et y transir. » *Le Palais de glace*, traduit du norvégien par Jean-Baptiste Coursaud, coll. Babel, éd. Actes Sud, 2016.

Joan Baez : « As I remember your eyes / Were bluer than robin's eggs », *Diamonds and Rust*, 1975.

Lune Vuillemin : « C'est une heure qui m'appartient, la plage en éveil et les ours qui viennent lécher les méduses échouées dans le sable gris. » *Quelque chose de la poussière*, éd. du Chemin de fer, 2019.

Remerciements de l'autrice

Je remercie Hédia et Sylvain pour la longue nuit et les aurores boréales.

Julie, pour m'aider à comprendre ce qui jaillit.

Éric, toujours.

Benoît et toute La Contre Allée, pour la confiance renouvelée.

La résidence Lattara et la Villa Marguerite Yourcenar, pour les bureaux avec vue, la sérénité et les longues promenades dans les lagunes et les chemins creux.

Le Centre national du livre pour l'attribution d'une bourse de découverte.

De la même autrice

*

Aux éditions La Contre Allée

L'Arrachée belle, 2020

(ÉDITIONS) LA CONTRE ALLÉE

Délaissant les grands axes, j'ai pris la contre-allée - A. Bashung et J. Fauque

*

Collection LA SENTINELLE

Une attention particulière aux histoires et parcours singuliers de gens, lieux, mouvements sociaux et culturels.

SORTIR AU JOUR • Amandine Dhée (2023)

LE PRÉNOM A ÉTÉ MODIFIÉ • Perrine Le Querrec (2022)

LE PION • Paco Cerdà (2022)
traduit de l'espagnol par Marielle Leroy

AVENTURES DANS LA GRAMMAIRE ALLEMANDE ET AUTRES POÈMES
Yoko Tawada (2022) *traduit de l'allemand par Bernard Banoun*

L'ENGRAVEMENT • Eva Kavian (2022)

LETTRES À CLIPPERTON, UNE AVENTURE ÉPISTOLAIRE
Irma Pelatan (2022)

TRIBU • Nathalie Yot (2022)

L'ARBRE DE COLÈRE • Guillaume Aubin (2022)

AVEC BAS JAN ADER • Thomas Giraud (2021)

Tea Rooms • Luisa Carnés (2021)
traduit de l'espagnol par Michelle Ortuno

Pur sang • Makenzy Orcel (2021)

Un père étranger • Eduardo Berti (2021)
traduit de l'espagnol (Argentine) par Jean-Marie Saint-Lu

Poser problème • Antoine Mouton (2020)

L'Arrachée belle • Lou Darsan (2020)

Mère d'invention • Clara Dupuis-Morency (2020)

Rouge pute, suivi de La Couronne • Perrine Le Querrec (2020)

À mains nues • Amandine Dhée (2020)

Ce prince que je fus • Jordi Soler (2019)
traduit de l'espagnol (Mexique) par Jean-Marie Saint-Lu

Le Bruit des tuiles • Thomas Giraud (2019)

Le Nuage et la Valse • Ferdinand Peroutka (2019)
traduit du tchèque par Hélène Belleto-Sussel

L'Odeur de chlore • Irma Pelatan (2019)

Un autre monde • Alfons Cervera (2018)
traduit de l'espagnol par Georges Tyras

Le Nord du Monde • Nathalie Yot (2018)

Débarqué • Jacques Josse (2018)

La Ballade silencieuse de Jackson C. Frank
Thomas Giraud (2018)

L'Instant décisif • Pablo Martín Sánchez (2017)
traduit de l'espagnol par Jean-Marie Saint-Lu

Lettres nomades - saison 6 • Collectif (2017)

moujik moujik suivi de Notown • Sophie G. Lucas (2017)

Caverne suivi de Cadavres • Makenzy Orcel (2017)

Contre-jour • Sara Rosenberg (2017)
traduit de l'espagnol (Argentine) par Belinda Corbacho

Chômage monstre • Antoine Mouton (2017)

La femme brouillon • Amandine Dhée (2017)

Témoin • Sophie G. Lucas (2016)

Élisée • Thomas Giraud (2016)

Baby Spot • Isabel Alba (2016)
traduit de l'espagnol par Michelle Ortuno

Lettres nomades - saison 5 • Collectif (2016)

Frictions • Pablo Martín Sánchez (2016)
traduit de l'espagnol par Jean-Marie Saint-Lu

Tombeau de Pamela Sauvage • Fanny Chiarello (2016)

Trouver un autre nom à l'amour • Nivaria Tejera (2015)
traduit de l'espagnol (Cuba) par François Vallée

Marco Pantani a débranché la prise
Jacques Josse (2015)

Lettres nomades - saison 4 • Collectif (2015)

La Nuit des terrasses • Makenzy Orcel (2015)

Vie de Milena • Jana Černá (2014)
traduit du tchèque par Barbora Faure

La Véritable Histoire de Matías Bran, Livre 1 :
Les Usines Weiser • Isabel Alba (2014)
traduit de l'espagnol par Michelle Ortuno

Tant de larmes ont coulé depuis • Alfons Cervera (2014)
traduit de l'espagnol par Georges Tyras

Lettres nomades - saison 3 • Collectif (2014)

La Ville sur le divan • Laurent Petit (2013)

Le Ravin • Nivaria Tejera (2013)
traduit de l'espagnol (Cuba) par Claude Couffon

La Femme-précipice • Princesse Inca (2013)
traduit de l'espagnol par Laurence Breysse-Chanet

Et puis ça fait bête d'être triste en maillot de bain
Amandine Dhée (2013)

Un fil rouge • Sara Rosenberg (2012)
traduit de l'espagnol (Argentine) par Belinda Corbacho

Putain d'indépendance ! • Kaddour Riad (2012)

Ces vies-là • Alfons Cervera (2011)
traduit de l'espagnol par Georges Tyras

Ça nous apprendra à naître dans le Nord
Amandine Dhée et Carole Fives (2011)

El Ferrocarril de Santa Fives • Robert Rapilly (2011)

Du bulgom et des hommes • Amandine Dhée (2010)

D'azur et d'acier • Lucien Suel (2010)

Gens du huit mai • Jean-François Pocentek (2010)

Capenoules ! • Francis Delabre (2010)

*

Collection L'Inventaire d'inventions
« Parce qu'il manque toujours quelque chose au monde. » Eduardo Berti

Un voyage d'Envers • Robert Rapilly & Philippe Lemaire (2018)

Inventaire d'inventions (inventées)
Eduardo Berti & Monobloque (2017)
traduit de l'espagnol par Jean-Marie Saint-Lu

*

Collection Les Périphéries
Une collection qui nous rapproche de l'œuvre et des centres d'intérêt d'un·e auteur·rice.

Kiruna • Maylis de Kerangal (2019)

Rougeville • Patrick Varetz (2018)

Assommons les poètes ! • Sophie G. Lucas (2018)

Venise est lagune • Roberto Ferrucci (2016)
traduit de l'italien par Jérôme Nicolas

L'Ultime Parade de Bohumil Hrabal • Jacques Josse (2016)

Écrire une histoire • Olivier de Solminihac (2015)

Tant de place dans le ciel • Amandine Dhée (2015)

Les Chemins de retour • Alfons Cervera (2015)
traduit de l'espagnol par Georges Tyras

Pas dans le cul aujourd'hui • Jana Černá (2014)
traduit du tchèque par Barbora Faure

La Rentrée littéraire de Gilles Defacque (2014)

Quelques pas de solitude • Pascal Dessaint (2014)

Le Lapin mystique • Lucien Suel (2014)

*

Collection Fictions d'Europe
Une collection qui invite des écrivains à poser un regard sur l'Europe.

Un fils étranger • Eduardo Berti (2021)
traduit de l'espagnol par Jean-Marie Saint-Lu

Impromptu • Catherine Mavrikakis (2021)

Le Sommeil d'Europe • Yoko Tawada (2018)
traduit de l'allemand par Bernard Banoun

Le Cœur de l'Europe • Emmanuel Ruben (2018)

Ces histoires qui arrivent • Roberto Ferrucci (2017)
traduit de l'italien par Jérôme Nicolas

Les Pigeons de Paris • Víctor del Árbol (2016)
traduit de l'espagnol par Claude Bleton

Les Enfants verts • Olga Tokarczuk (2016)
traduit du polonais par Margot Carlier

Des lions comme des danseuses • Arno Bertina (2015)
Nouvelle édition enrichie (préface de Bénédicte Savoy) (2019)

Terre de colère • Christos Chryssopoulos (2015)
traduit du grec par Anne-Laure Brisac

Berlin, Bucarest-Budapest : Budapest-Bucarest
Gonçalo M. Tavares (2015)
traduit du portugais par Dominique Nédellec

*

Collection Un Singulier pluriel
Témoigner, transmettre, questionner.
Un sujet et plusieurs voix s'en mêlent.

Les Quichottes • Paco Cerdà (2021)
traduit de l'espagnol par Marielle Leroy

Freshkills • Lucie Taïeb (2020)

Mon fils en rose • Camilla Vivian (2019)
traduit de l'italien par Hazel Goram et Nino S. Dufour

Désherbage • Sophie G. Lucas (2019)

Les Saprophytes, urbanisme vivant
Entretien avec Amandine Dhée (2017)

Machiavel face au grand écran • Pablo Iglesias Turrión (2016)
traduit de l'espagnol par Marielle Leroy

Le Retour du Prince • Roberto Scarpinato
et Saverio Lodato (2012, 2015), préface d'Edwy Plenel
traduit de l'italien par Deborah Puccio-Den

LES DERNIERS MOTS DE FALCONE ET BORSELLINO
Antonella Mascali, *traduit de l'italien par Anna Rizzello et Sarah Waligorski* (2013)

LE FLUVIAL EN DEVENIR • Corinne Blanquart (2013)

LA RÉVOLUTION DES CASSEROLES • Jérôme Skalski (2012)

COSA NOSTRA • Giovanni Falcone et Marcelle Padovani (2012)

MÉMOIRES ET TERRITOIRES, REPÈRES POUR L'ACTION
Catherine Foret (2011)

LE DERNIER DES JUGES
Roberto Scarpinato et Anna Rizzello (2011)
traduit de l'italien par Anna Rizzello

L'EUROPE XXL, LES ACTES
Alexandre Mirlesse et Olivier Beddeleem (2011)

EN ATTENDANT L'EUROPE • Alexandre Mirlesse (2009)
Prix Bienvenu 2009

À CHACUN SA PLACE • Collectif (2008)

*

Collection CONTREBANDE

Un repaire pour celles et ceux qui traduisent, qui ne cessent de faire circuler avec leurs mots ceux des autres. Pour faire entendre la parole d'un traducteur ou d'une traductrice, un parcours, une réflexion, le bruit de la traduction.

LE PONT FLOTTANT DES RÊVES • Corinne Atlan (2022)

Sur les bouts de la langue, traduire en féministe/s
Noémie Grunenwald (2021)

Traduire ou perdre pied • Corinna Gepner (2019)

Entre les rives : Traduire, écrire dans le pluriel des langues
Diane Meur (2019)

*

Collection La Sente

Une présence idéale • Eduardo Berti (2022)

Un fil rouge • Sara Rosenberg (2022)
traduit de l'espagnol (Argentine) par Belinda Corbacho

Les Chevals morts • Antoine Mouton (2022)

Et puis ça fait bête d'être triste en maillot de bain
Amandine Dhée (2021)

Du bulgom et des hommes • Amandine Dhée (2021)

Élisée, avant les ruisseaux et les montagnes
Thomas Giraud (2020)

Chômage monstre • Antoine Mouton (2020)

*

CRÉDITS & REMERCIEMENTS

Direction éditoriale Benoît Verhille
Couverture Renaud Buénerd
Maquette Valérie Dussart
Relecture et correction Sarah Gastel, Marianne Kmiecik, Marielle Leroy

Nous remercions
Les équipes de
Belles Lettres Diffusion Distribution
Présence graphique

Aline Connabel, relation libraires
& Aurélie Serfaty-Bercoff, relation presse

Quelque chose nous dit que ce vendredi 13, heureux jour de parution des *Heures abolies*, portera chance à Lou Darsan, et que vous serez aussi curieux et curieuses de ce nouvel ouvrage que vous l'aviez été lors de la parution de son premier roman, *L'Arrachée belle*. Cette année, nous fêtons les quinze ans de La Contre Allée, et c'est une joie toute particulière de voir *Les Heures abolies* paraître simultanément à *Sortir au jour*, le huitième texte d'Amandine Dhée au sein du catalogue. Amandine Dhée et Lou Darsan, deux univers aussi différents que singuliers, deux voix originales qui incarnent cependant une sensibilité commune au sein d'un catalogue riche de leur remarquable présence. Composé en Minion pro 11 pts et imprimé sur un papier Clairefontaine bouffant 80 g, *Les Heures abolies* porte le numéro ISBN 9782376650355. Sa couverture est l'œuvre de Renaud Buénerd et reproduite sur un Vergé conquéror 220 g, un papier de création. Préserver notre environnement et inscrire notre travail dans la durée, c'est important pour nous et nous pensons que ça l'est tout autant pour vous. Comme toujours depuis le début de nos aventures éditoriales, ce livre est imprimé en France. Depuis quelques années déjà, nous faisons confiance à l'équipe de l'imprimerie Présence graphique située à Monts, près de Tours, et détentrice du label Imprim'vert©. Et c'est elle qui détermine le numéro d'imprimeur 122273938, pour cette première impression du 114e ouvrage au catalogue de la maison. *Les Heures abolies* a été enregistré au dépôt légal au cours du premier trimestre 2023.